실금 하나

실금 하나

초판 1쇄 발행 2019년 12월 17일

지은이 정정화
펴낸이 강수걸
편집장 권경옥
편집 박정은 강나래 윤은미 이은주
디자인 권문경 조은비
펴낸곳 산지니
등록 2005년 2월 7일 제333-3370000251002005000001호
주소 부산시 해운대구 수영강변대로 140 BCC 613호
전화 051-504-7070 | 팩스 051-507-7543
홈페이지 www.sanzinibook.com
전자우편 sanzini@sanzinibook.com
블로그 sanzinibook.tistory.com

ISBN 978-89-6545-637-7 03810

* 책값은 뒤표지에 있습니다.
* 이 도서의 국립중앙도서관 출판예정도서목록(CIP)은 서지정보유통지원시스템 홈페이지(http://seoji.nl.go.kr)와 국가자료공동목록시스템(http://www.nl.go.kr/kolisnet)에서 이용하실 수 있습니다.(CIP제어번호: CIP2019048572)
*본 자료는 울산문화재단 2019 책발간 지원사업의 일환으로 발간되었습니다.

울산광역시 울산문화재단

정정화 소설집

실금 하나

산지니

사랑하는 어머니께

차례

돌탑 쌓는 남자

오랜만에 옷장에 걸린 옷들을 살핀 건 결혼 10주년을 맞아 식당 예약을 해놨다는 남편의 말 때문이었다. 케이크 하나면 결혼기념일에 할 일을 다한 것처럼 굴던 사람이 어쩐 일인가 싶었다. 이모가, 수민이는 자신이 데리고 자겠다고 했다. 이모는 키운 정 때문인지 기념일을 핑계 삼아 수민을 챙겼다. 옷걸이에 걸린 옷 하나하나에 관심을 두고 훑어보았지만 마음에 드는 옷은 없었다. 이른 감이 있어도 하늘색 긴 소매 원피스가 그중에 제일 나은 것 같았다. 옷을 골라놓고 화장대 앞에 앉았다. 평소에 피부 관리를 안 하는 편이라 그런지 파운데이션이 골고루 펴지지 않고 떴다. 전체적으로 연보라색이 돋보이게 색조 화장을 끝내고 거울을 들여다봤다. 입꼬리를 올리고 웃어보았다.

예약 시간은 저녁 일곱 시. 시간이 다 되어 가는데 데리러 온다던 남편은 소식이 없다. 전화를 걸어볼까 하다가 이런 날 어쩌는가 보자는 마음도 있어 관두었다. 일상을 누린다는 건 어쩌면 그 자체로 행복인지 모른다.

쿠르르르.

처음 들어보는 소리였다. 땅 밑을 관통하며 지나는 소리와 눈앞에서 펼쳐지는 진동이 낯설었다. 순간 전쟁이 났나 하는 의구심이 들 정도였다. 벽에 걸린 시계가 흔들렸다. 순식간에 시계가 앞으로 기우뚱하더니 내 발등에 떨어졌다. 아린 통증이 몰려왔다. 발등은 이내 긴 일자형으로 불그스름하게 부어올랐다. 그 순간 학창시절에 길거리 좌판에서 저가로 구매한 손목시계가 떠올랐다. 시간을 맞춰 놓으면 조금씩 느려져서 나를 당혹하게 하는 시계였다. 학교에 지각하거나 약속에 늦은 기억을 떠올리며 어쩌면 그때부터 내 시간은 어긋나고 있지 않았나 하는 생각을 했다. 나는 벽걸이 시계를 주워 올렸다. 유리에 금이 가 있었다. 그 안에서 여전히 돌고 있는 초침소리가 귀를 자극했다. 시간은 어떤 순간에도 멈추지 않는다는 사실이 두려움을 자아냈다. 벽까지 무너지는 건 아닌가 싶어 심장이 벌떡거리며 방망이질했다.

엄마!

수민이 부르는 것 같아 작은방 문을 열었다. 정적이 감돌았다. 급한 마음에 휴대폰만 챙겼다. 집 안에 있으면 위험할 것 같아 밖으로 나갔다. 길거리에는 이미 나온 사람들이 삼

삼오오 떼를 지어 종종 걸어가고 있었다. 사람들은 주변에 있는 초등학교 운동장으로 모였다.

이모와 남편에게 연이어 전화를 걸었지만 연결이 되지 않았다. 문자도 전송되지 않았다. 옆에 있는 사람도 휴대폰 자판을 열심히 두드리고 있었다. 운동장에는 어둠이 내려 가로등이 있는 곳을 빼고는 캄캄했고, 하늘에는 거먹구름이 끼어 별이 보이지 않았다. 운동장에 모인 사람들은 한자리에 있지 않고 왔다 갔다 하며 서성거렸다. 애완견 한 마리가 내 옆에서 똥을 쌌다. 주인은 플라타너스 나뭇잎을 두어 장 뜯어 똥을 훔쳤다. 사람들은 그런 모습을 보며 힐끗거렸지만 그는 태연하게 화단으로 던졌다.

사람들의 비명과 함께 또 한 차례 지진이 왔다. 땅이 흔들리는 것도 무서웠지만 사람들이 지르는 소리가 더 두려움을 자극했다. 우르르 소리와 함께 땅이 흔들리자 사람들은 놀라 주저앉거나 옆에 서 있는 사람을 끌어안았다. 땅속에서 잔돌을 실은 마그마가 강처럼 흘러가는 듯했다. 지축을 흔들며 땅이 운다. 운다. 운다. 나는 이 낱말을 머릿속으로 되뇌었다.

수민을 낳았을 때 나는 울었다. 한 생명이 내게 온다는 사실에 나도 모르게 눈물이 났다. 휴가 기간이 끝나고 복직했을 때 건강이 급속도로 나빠졌다. 민원실 제증명 담당인 나는 사람들에게 필요한 서류를 떼어 주느라 쉴 틈이 없었고, 집에 오면 집안일로 밤잠을 설쳤다. 수민은 밤이 되면 눈을 반짝였다. 잠은 오는데, 내가 보이지 않으면 다리를 파닥거리고 숨소리가 거칠어졌다. 수민이 엄마를 찾는 신호를 보내는데도 주변에 기척이 없으면 울기 시작했다. 엄마와 한밤중에라도 교감을 나누고 싶었는지도 모르겠다. 처음엔 남편과 같이 밤을 새우기도 했다. 그러다가 차차 교대로 수민을 보며 눈을 조금 붙이는 식으로 바꾸었지만 부족한 수면 시간을 어쩔 순 없었다. 출산 후 아직 여물지 않은 몸은, 바람 든 무처럼 몸 어딘가 구멍이 있어 기운이 빠져나가는 듯했다. 푸석푸석한 얼굴에는 기미가 끼었고, 입안은 수시로 헐었다. 3개월을 먹이고 뗀 젖은 가라앉히려고 약을 먹어도 통통 불었다. 젖이 딱딱해지면 아파서 유축기로 짜냈는데 그러면 어김없이 다시 불었다.

지독한 감기처럼 젖몸살을 하고 한 달이 지나서야 가라앉을 기미를 보였다. 그 사이 몸은 구석까지 허해져 갔다. 상사는 자주 자리를 비웠다. 업무 핑계를 대고 나간 뒤 한나절을 보지 못한 적도 있었다. 결혼이나 출산으로 휴가를 낸 직원의 일을 나누어서 해야 하는데도 상사는 무관심했다. 이럴 때 뭐라고 한마디 해도 될 텐데 나는 아무 말도 못 했다. 그냥 잘 지내는 게 좋은 거라 생각하고 주어진 일을 묵묵하게 했다. 그렇다고 불만이 없는 건 아니었다. 그냥 참고 있을 뿐이었다. 일 구덩이에 빠져서 심리적으로 압박감을 느꼈다. 매일같이 제때 퇴근을 못 했다. 수민이 때문에 일거리를 들고 집으로 오는 날도 많았다. 세상이 온통 일거리로 가득 차 있었다. 그러다가 병이 났다. 입안과 목 안, 입술이 부어올랐고, 기침이 심해졌다. 의사는 폐렴이라며 입원을 권유했다. 막막했다.

그즈음을 떠올리면 지금도 먹먹해진다. 일도, 자식도 내가 없을 땐 의미가 없어지는구나, 하고 느꼈던 허무감. 다시 본업으로 돌아올 수 있을까, 하는 불안감이 엄습하던 순간의 떨림이 몸서리치도록 두렵게 남아 있다.

내가 사직서를 낸 건 수민을 봐줄 사람이 없어서였다. 커피 전문점을 개업하면서 이모는 수민을 돌볼 사람을 찾으라고 했다. 눈앞이 캄캄했다. 퇴원 후 몸은 약해질 대로 약해져 있었고, 밀린 일거리는 산적해 있었다. 주말에도 출근을 해야 하는데 남편도 미팅이 있어 나간다고 했다. 이모는 개업 준비 때문에 오전에만 봐줄 수 있다고 잘라 말했다. 미팅 후에 수민을 데려오라고 남편에게 부탁하고는 출근했다. 급한 업무를 처리하느라 점심도 건너뛰고 보고서를 작성하는 중에 전화벨이 울렸다. 지금 일하러 나가야 하는데 아직 남편이 오지 않았다는 이모의 전화였다. 남편에게 전화를 걸었지만 받지 않았다. 연이어 통화 버튼을 눌러도 마찬가지였다. 이모는 수민을 데리고 개업할 장소에 가겠다며 짜증을 냈다. 퇴근 후에 커피 전문점을 찾았을 때 나는 수민을 보고 깜짝 놀랐다. 이모는 새로운 집기를 들여놓고 정리하느라 바쁘게 움직였다. 수민은 유모차에서 칭얼거리고 있었는데 콧물이 흘러내려도 닦아주지 않은 상태였다. 실내는 상자와 페인트 통이 흩어져 있었고, 매캐한 먼지가 가득 차 있었다. 리모델링 하느라 화학약품 냄새가 풀풀 났다. 눈이 따가웠다.

"이모, 이런 데 애를 데리고 오면 어떡해?"

"박 서방이 약속을 지켰어야지. 너희들 일만 중요하고 내 일은 하찮게 보이냐?"

그동안 수민을 적극적으로 돌보던 이모가 냉담한 얼굴을 했다. 한결같이 내게 살갑게 대하더니 하루아침에 얼굴색을 바꾸었다.

그날 남편은 늦은 밤에 돌아왔다. 작은방에 들어가 한참을 통화하고 나왔다.

"이제 어쩔 거야?"

"중요한 미팅이어서 나도 어쩔 수 없었어. 거액의 투자자금을 보유해 큰 수익을 낼 수 있는 고객인데 그냥 놓치라고?"

남편은 오히려 내게 화를 냈다.

"수익이 그렇게 중요해?"

남편은 내가 펼쳐둔 서류 뭉치를 집어 던지며 말했다. "이건 뭐가 중요한데?"

고정된 서류가 일부 뜯겨나가 흩어졌다. 나는 낱장으로 흩어진 서류를 주워 정리하면서 남편을 흘겨봤다. 남편은 그런 상황에서도 문자에 답을 하고 있었다. 설령 그게 주요 고객의 문자일지라도 나는 남편이 이해되지 않았다. 모든 걸 놓아버리고 싶었다. 이를 악물었다.

밤새 직장과 육아에 대해 고민했다. 오랫동안 몸담아 왔던 직장을 관둔다는 게 쉬운 일이 아니었다. 고민을 거듭해도 답이 나오지 않았다. 지친 몸, 피폐해진 정신은 직장을 던져버리라고 유혹했다. 잠깐 휴직을 생각했지만 나 때문에 다른 사람에게 피해를 주고 싶지 않았다. 직원이 보충되려면 한참이 걸릴 것이다. 월요일에 출근하자마자 나는 사직서를 제출했다. 담당과장은 주민 봉사를 위해서라도 계속 근무를 해야 한다고 강조하며 만류했다. 나는 간단하게 사정을 얘기하고 일어났다. 밀린 서류를 처리하고 가야 했기에 마음이 바빴다. 몰아치는 회오리바람 속에 갇힌 듯했다. 오늘까지만 봐주면 직장을 그만두려 한다고 했더니 이모는 못 이기는 척 수민을 맡아줬다. 아직 4개월이 채 안 된 수민을 위해 내가 할 수 있는 선택지는 많지 않았다. 일이 너무 급하게 흘러갔다. 모든 걸 놓아버리고 싶은 순간, 남편도 가정에 관심이 없었다. 내가 출근한 뒤 며칠 수민을 봐주더니 이내 지쳐 갔고 자신의 일에 빠져들었다. 미팅을 핑계로 밖으로 나갔다. 고객과의 미팅은 남편이 중요하게 여겨서 간섭하지 않으려 했다. 하지만 주말이나 휴일에도 미팅을 핑계로 나가니 난감했다. 때로는 돈 많은 사모님과 단둘이 투자를 핑계로 만나기도 했다. 남편은 그걸 자연스럽게 얘기했다. 순진한 건지, 순수한 건지 알 수 없었지만 남편의 행동은 내게 상처가 됐다.

조금 여유 있게 생각했으면 사직서를 내지 않았을지도 모른다. 삶에 지치고 몸이 아파 여유로운 판단을 할 수가 없었다. 진급해서 과장급 이상이 되고자 하는 마음 이면에 어쩌면 틀에 박힌 직장을 벗어나고픈 욕망이 도사리고 있었는지도 모른다. 수민의 육아를 핑계 삼아 자신을 옥죄는 그곳에서 탈출을 시도했는지도……. 밤새 고민하느라 뒤척거렸다. 전공이 아닌 분야에서 어렵게 얻은 직장이었다. 남편이 투자한 기업의 펀드 가격이 한참 오른 때여서 내가 일을 그만둬도 우리 가정이 경제적으로 어려울 거라는 생각은 하지 않았다.

사람들은 아직 운동장에 남아 있었다. 나도 그 속에 있지만 정말 큰 지진이 온다면 집 안이든, 운동장이든, 들판이든 위험하기는 마찬가지일 것이다. 조금 더 안전한 곳으로 피하는 게 우선 할 수 있는 행동이겠지만 그런 게 무슨 의미가 있나 싶었다.

그때, 사람들 사이를 달려가는 한 남자가 시선을 끌었다. 남자는 긴 수염이 난 얼굴에 머리를 뒤로 묶은 채 청바지를 입고 있었다. 우왕좌왕하는 사람들 속에서 혼자 달리고 있는 사람. 나는 그 남자를 응시했다. 마른 듯 보였지만 단단한 몸매를 하고 있었다. 저마다 불안에 떨며 걱정하는 분위기인데 남자만은 다른 세상에서 온 듯했다. 남자는 사람들을 벗어나 어둠 속으로 사라졌다. 나는 남자가 사라진 방향에서 눈을 떼지 못하고 오랫동안 허공을 바라봤다.

남편과는 연락이 되지 않았다. 전화와 문자만 안 되어도 세상과 완전히 단절된 것 같았다. 남편과 연락이 되면 식당으로 바로 가려고 옷에 맞춰 구두를 신고 나왔다. 보통 높이의 굽이었지만 오래 걷고 서 있기에는 불편했다. 시계에 부딪힌 발등에 통증을 느꼈다. 옷도 불편했다. 다들 편안한 차림으로 나온 사람이 많았는데 괜히 외출복을 입고 나와 고생하는 것 같아 짜증이 치밀었다. 이렇게 밥 한 끼 먹는 것도 힘이 드나 싶어 한숨이 나왔다. 남편은 중요한 날엔 연락이 잘 안 된다. 오늘은 지진까지 나서 둘 사이의 연락을 방해한다고 생각하니 헛웃음이 나왔다.

남편은 고객의 돈을 불려야 하는 펀드매니저다. 내가 버는 돈도 투자하기 힘든데 어떻게 그 일을 할까 궁금해진다. 자신이 투자한 펀드 가격이 올라가면 기분이 좋고, 내려가면 짜증이 는다. 남편의 반응이 어떻든 내 일을 하면 좋은데 그러지 못했다. 상대방을 지나치게 배려하다가 자신을 잃어버린다는 게 내 약점이다. 남편은 주관이 강했다. 하고 싶은 말, 하고 싶은 일에 주저함이 없었다. 내가 직장에 다닐 때는 남편도 펀드 가격의 등락에 그만큼 예민하게 반응하진 않았다. 내가 한 푼도 벌지 못하게 되자 남편 역시 압박감을 느끼는 듯했다. 나도 모르게 죄책감이 몰려왔다. 남편이 까칠한 날에는 나는 작은방에 들어가서 블로그에 글을 썼다. 그러면 마음이 좀 가라앉았다.

밤이 깊어지자 사람들은 하나둘 집으로 돌아갔다. 남편에게서 전화가 왔다. 새로운 투자자를 만난 일이 잘됐다며, 다소 들뜬 목소리로 나를 데리러 오겠다고 했다. 카톡방에는 읽지 않은 문자가 쌓여 있었다. 이모에게 전화를 걸었다. 이모는 별일 없다고 했다. 목이 말랐다. 급히 나오느라 지갑을 챙겨 나오지 못했다. 휴대폰 케이스에 카드 한 장이 꽂혀 있었지만 지진 여파로 작은 슈퍼마켓은 문을 닫은 상황이었다. 혹시나 하는 마음으로 큰길가를 돌아보고 있었다. 셔터를 내린 가게가 많았다. 폐허가 된 도시 한가운데에 홀로 서 있는 기분이었다. 학교 교문 앞으로 돌아가야 한다는 사실을 떠올린 건 남편에게서 걸려온 전화를 받으면서였다. 어디냐고 묻는 남편은 화가 나 있었다. 남편에게 장소를 알려주는 순간 울컥 눈물이 났다.

그 자리에서 남편을 기다려야 했지만 그러기 싫었다. 나는 깜깜한 밤길을 걸었다. 세상 한구석에 외따로 떨어진 기분이었다. 한참을 헤매다 보니 가로등 아래 떨어진 몇 개의 벽돌이 보였다. 건물 벽은 이가 빠진 듯 듬성듬성 비어 있었다. 건물이 오래됐는지 금이 가 있었고 유리창이 깨진 곳도 있었다. 그 광경을 보자 내가 속했던 직장을 떠나올 때처럼 가슴 한쪽이 아려 왔다.

직장인에서 주부로, 갑자기 바뀐 삶 속에서 마냥 행복하리라 믿었던 시간은 더디게 흘렀다. 나는 정체된 느낌 때문에 틈만 나면 책을 펼쳤다. 뭐라도 하고 있지 않으면 불안했다. 집안일을 끝내면 재취업을 위해 어떻게 해야 하는지 공부하기 시작했다. 그러면서 바깥출입은 줄어들었다. 앞날이 암울해 보였다. 내가 잃어버린 시간만큼 발전을 해야 한다는 생각에 마음은 점점 조급해졌다. 돌도 지나지 않은 수민에게 영어 CD를 틀어줬다. 나는 현실적으로 변해갔다. 하지만 내게 정지된 시간은 수민을 통해서 보상되지 않았다. 수민이 기고, 서고, 걷는 과정을 볼 때 즐거웠다. 성장 속도가 가장 빠른 시기라 그런지 하루하루 크는 게 눈에 보였다. 통통해지는 볼, 길어지는 손가락, 윤곽이 잡혀가는 얼굴까지 하나의 생명체가 자라는 과정은 경이롭기까지 했다. 그런 소소한 즐거움을 누리는 게 사치인 것 같은 마음이 있었지만 그걸 넘어서는 기쁨도 있었다.

평화로운 시간은 그리 길지 않았다. 한 사람의 수입으로 살아야 하고, 얼마간 저금을 해야 노후를 준비할 수 있다는 강박에 시달렸다. 수민의 육아를 해결하고 나니 또 다른 문제가 코앞에 닥쳐 있었다. 수민이 네 살이 됐을 때 어린이집에 보내기 시작했다. 엄마가 키우는 게 정서적으로 좋다는 생각을 했지만 상황이 여의치 않았다. 나는 재취업을 위해 뭔가를 하지 않으면 안 되었다. 내가 선택한 건 공부였는데, 오랫동안 손 놓았던 공부를 다시 하는 것도 쉽지 않았다. 절박한 육아의 시간을 넘기고 나니 또 다른 문제가 기다리고 있었던 것이다. 간혹 연락이 오는 직장동료로부터 입사 동기가 계장으로 진급했다는 소식을 들었을 때, 나는 남편이 사 놓은 담배를 처음으로 피웠다. 채워지지 않는 상실감에 매사가 우울했다. 사람을 만나는 게 싫었다. 대인기피증까지 생겨 며칠이고 바깥출입을 하지 않은 때도 있었다.

전화기가 울렸다. 남편이었다. 나는 전화를 받지 않았다.

'식당에 연락해 보니 식사 가능하다니까 가자. 지금 어디야?'

남편의 문자였다. 결혼기념일을 의식한 남편의 자상함이 낯설고 어색했다. 나는 답을 하지 않고 휴대폰을 손에 든 채 걸었다. 어느 날 한순간에 사라질 목숨이라면 아등바등 살 필요가 없을 것 같았다.

다리가 시작되는 지점에서 오른쪽으로 펼쳐진 둑길을 쳐다보았다. 길 너머가 궁금해졌다. 사람들은 없었다. 고요함이 서린 길 입구에서 한참을 서성거렸다. 천천히 발걸음을 뗐다. 하늘엔 구름 사이로 희미한 별이 고개를 내밀고 있었다. 둑길 중간쯤에 들어섰을 때 툭, 탁, 소리가 들렸다. 뭘까? 고요한 어둠 속에서 들리는 둔탁한 소리는 물소리와 뒤섞여 들렸다 말았다 했다. 나는 그 소리에 이끌려 발걸음을 옮겼다. 어둠 속에서 희미한 형체가 보였다. 둑길에 서서 그곳을 내려다보았다. 이 밤중에 뭐 하는 건지 호기심이 일었다. 자세히 보이진 않았지만 사람의 움직임이라는 것쯤은 알 수 있었다. 강둑을 따라 내려갔다. 강으로 들어서는 입구에는 잡풀이 허리쯤까지 자라서 발을 내딛기엔 으스스했다.

수염이 덥수룩한 남자가 돌탑을 쌓고 있었다. 어디선가 본, 낯익은 얼굴이었다. 남자의 꽁지머리가 흔들리는 걸 보니 조금 전 운동장에서 부리나케 달려가던 그 남자라는 걸 알아챌 수 있었다. 완성된 돌탑 하나는 남자의 키를 넘었고,

지금 쌓고 있는 돌탑은 남자의 허리 위까지 쌓은 상태였다. 남자는 내가 가까이 온 줄도 모르고 탑을 쌓는 데 열중했다. 돌탑은 신기하게도 지진에도 꿈쩍 않고 자리를 지켰다. 땅에 발을 디딘 채 하늘을 향해 쭉 뻗은 돌탑은 완만한 곡선으로 휘어져 꼭대기로 이어진 모양이다. 올라갈수록 점점 좁아져 탑의 끝은 홀로 밝은 별에 가 닿을 듯 뾰족하다. 사람의 솜씨가 이렇게 정교할 수 있나 싶을 정도였다. 내가 왜 여기까지 내려왔는지 정신을 차린 순간 두려움이 엄습했다. 인적이 없는 어둠 속에 낯선 남자와 마주한 내가 그곳에 있었기 때문이다.

“왜, 그냥 가려고요?”

주변에 전혀 관심이 없을 것 같은 남자가 내게 말을 걸었다. 가슴이 쿵쾅거렸다.

“남편이 기다려요.”

나는 짐짓 태연한 척 말했다. 남자는 고개를 끄덕였다.

처음엔 잘 안 보였는데 어둠에 익숙해지자 사물이 눈에 들어오기 시작했다. 둑길 위의 가로등 불빛이 희미하게나마 비쳤다. 남자는 허름한 군청색 티셔츠에 청바지 차림이었다. 지친 표정이었지만 입가에는 미소를 띠고 있었고, 눈빛은 어둠 속 고양이의 눈처럼 형형해 보였다.

“많이 놀라셨죠? 이렇게 땅이 흔들리는 건 흔치 않은 일인데…… 원전이 터지기라도 하는 날엔 꼼짝없이 죽음입니다."

남자는 나와 오랫동안 알던 친구이기라도 하듯이 스스럼없이 말했다. 긴장된 마음이 얼마간 풀렸다.

"멀리 이사라도 가야 할 거 같아요."

낯선 사람을 경계하여 말을 잘 안 하는 내가 대답을 했다. 남자의 말투에는 경계를 허무는 힘이 있었다.

"우리나라에서는 어디에서건 피폭을 피하기 힘들어요. 그런 일이 일어나지 않길 바랄 뿐이죠."

"왜 돌을 쌓는 거예요?"

"속죄일 수도 있고, 염원일 수도 있고, 이렇게 돌을 쌓으면 마음이 편해져요."

남자의 말이 무심하게 들렸다. 큰비가 오면 언제 떠내려갈지 모르는 강가에 돌탑을 쌓고 있는 남자의 속내를 알 수 없었다.

"여기다가 쌓으면 불안하지 않아요?"

"벌써 몇 개나 허물어졌죠. 그러다 보니 다시 쌓는 데도 이골이 났어요. 홍수가 나면 물이 강바닥을 실어갑니다. 모래뿐 아니라 돌도 떠내려가요. 폭우에 자동차 여러 대가 흙탕물에 떠내려가는 현장을 보면서, 피할 수 없는 일도 있다는 걸 새삼 느꼈어요. 제가 돌탑을 쌓는 순간만큼은 세상일 잊고 몰입할 수 있어서 좋답니다."

다시 발등이 욱신거렸다. 시계가 발등에 떨어지면서 느낀 아픔이 유독 신체적인 것만이 아니었다. 뭔가를 이루려 해도 그러지 못한, 정지된 인생의 시계가 나를 더 아프게 했다. 떨어져서도 멈추지 않고 끊임없이 돌던 초침이 목을 조여 왔다. 수민을 돌보는 일로 내 인생의 방향이 완전히 틀어진다고는 생각하지 못했다.

"돌탑이 참 예뻐요."

내가 돌 하나를 만지며 말을 건네는 순간 옆에 있던 돌이 툭 떨어졌다.

"손대지 마세요!"

남자가 소리쳤다.

"미안해요. 그냥 신기해서 만졌는데……."

남자의 냉정한 반응에 나는 말을 잇지 못했다. 남자는 아무 말도 하지 않았다. 화가 난 듯도 했다. 머뭇거리는 것도 무안해질 즈음 나는 발걸음을 돌렸다. 바람에 검푸른 갈대숲이 일렁거렸다. 등 뒤에서 남자의 목소리가 들렸다.

"제 잘못이에요." 남자는 울 듯한 어투로 말했다. "제가 그렇게 만들었다고요."

뜬금없는 남자의 말에 나는 발걸음을 멈췄다.

"전국의 공사 현장을 떠돌며 제법 큰돈을 벌었답니다. 세상에 두려울 게 없더군요. 여자들은 두둑한 지갑을 보면 금방 호감을 표했어요."

나는 남자 쪽으로 몸을 돌렸다. 무심한 남편이 떠올라 남자에게 반감이 일었지만 내색하지 않았다.

"저는 아내에게 신경을 쓰지 않았어요. 벚꽃이 한창 피던 봄날 아내가 저를 찾아왔죠. 아내는 아이를 낳고 싶다고 하더군요. 아내와 결혼한 지 오 년이 되었어도 아이가 없었답니다. 저는 그날 아내를 흠씬 때려서 집으로 쫓아 보냈어요. 저도 내심 아이를 기다리고 있었지만 아내가 한 말이 음란하다고 생각한 거예요. 그로부터 이 년 뒤에 아내는 저세상으로 갔어요. 아내는 유방암에 걸렸는데, 병원을 찾지 않고 민간요법으로 치료하다 병을 키웠나 보더라고요. 제가 아내를 병원에 데리고 갔을 때는 암세포가 구석구석 퍼진 상태였어요. 슬퍼할 시간도 없이 아내의 죽음을 맞아야 했죠. 아내가 세상을 그렇게 빨리 떠날 줄은 몰랐어요. 그저 돈을 모으면 행복은 따라올 거라 여겼죠. 아내를 허무하게 보내고 그때부터 이렇게 돌을 쌓고 있어요. 돌탑은 변하지 않는다고 생각했어요. 탑이 완성되면 못다 한 이야기를 할 수 있을 것 같은 희망을 품고, 속죄할 수 있을 때까지 탑을 쌓을 거예요."

남자의 무심함을 탓하고 싶었다. 남자의 스러질 듯한 표정이 아무 말도 못 하게 했다.

"마음껏 욕하세요. 저는 그래도 싼 놈이니까요."

"왜 제게 이런 이야길 하는 거죠?"

"아내가 가고 난 후 사람들과 말을 하기 싫었어요. 저를 욕하는 것만 같아 얼굴이 화끈거렸죠. 그렇게 좋던 여자들에게도 시큰둥해지더군요. 그런데 오늘 그쪽을 보는 순간, 거참 이상한 생각이 드는 겁니다. 어쩌면 그 사람이 찾아온 건 아닌가 싶었다니까요."

남자는 속내를 이야기한 후, 깊은 한숨을 내쉬었다.

"실망하셨겠네요."

"그래도 말을 잃은 제가 입을 열게 된 건 당신 덕분이죠."

남자의 얼굴에 외로움이 서려 있었다. 아내를 잃고 세상에 홀로 버려진 듯한 외로움을 견디기 위해, 가슴 깊이 묻어둔 죄책감을 덜어내기 위해 남자는 돌을 쌓고 있었던 것이다. 남자가 쌓는 돌은 내게는 또 다른 의미로 다가왔다. 허물어지더라도 매일매일 탑을 쌓는 남자의 모습은 깊은 울림을 주었다. 어떤 기대가 가슴속으로부터 차올랐다.

"남편과 식사 약속이 있어서 전 이만 가볼게요."

"오늘, 무슨 날이에요?"

"결혼기념일이에요."

남자는 여자가 떨어트린 돌을 주워 올렸다.

"결혼기념일에 밤거리를 방황하시다니, 어떻게 이해해야 하죠?"

"그쪽은 부인이 없어도 탑을 잘 쌓고 있지만 우리는 탑을 쌓다가 무너져버린 것 같아요."

내가 조그맣게 한숨을 쉬자 남자는 조금 전에 주워 올린 돌을 내게 쥐어 주었다. 나는 돌을 어디다 놓을까 고민이 됐다. 이리저리 맞춰보다가 아귀가 맞는 곳에다 놓았다.

"저는 아이를 키우기 위해 다니던 직장을 관뒀지만 다시 직장을 구하기 위해 애태우고 있어요. 실업자가 거리에 넘쳐나는데 제가 들어갈 자리를 구한다는 게 어디 쉽겠어요?"

"경력이 단절된 여성을 위한 정책이 있을 텐데요."

"제게 얼마나 도움이 되겠어요? 제도권 밖에서야 그런 것도 다 공염불에 불과하죠."

남자는 말없이 돌을 하나 쌓아 올렸다.

"늦공부를 하고 있지만 총기가 예전만 못해요. 뭔가를 하고 있지 않으면 불안해요. 직장을 그만둔 상실감을 채우려고 뛰어다니는데 정작 자신을 들여다볼 시간은 없죠. 시간은 사람을 기다려주지 않는다는 말이 저를 뛰게도 만들지만 불안에 빠트리게도 하죠. 아이와 제가, 가족이 행복하기 위해 선택한 길이 누구도 진정으로 행복을 느끼지 못한 채 떠돌고 있어요. 남편은 예나 지금이나 자기 일에 빠져선 주변 일에는 관심을 두지 않아요. 그때는 최선이었다고 위로해도 나아진 건 별로 없어요. 고민이 더 늘었을 뿐이죠."

"결과까지 예상한다면 그건 신의 영역일 거예요. 자책하지 말아요. 아직 실패를 말하기엔 이른 나이 아닌가요?"

"모르겠어요. 매일 불안할 때마다 글자를 읽어요. 책을 옆에 쌓아두고 잠을 자죠. 공부를 붙들고 씨름하는 제가 무기력하게 느껴져요."

"너무 자학하지 말아요."

내 눈에는 핑그르르 눈물이 흘러내렸다. 그동안 자신을 얼마나 들들 볶았는지 생각하면 스스로 안티가 되기를 작정한 사람 같았다. 생면부지의 남자가 해주는 한마디에 왜 눈물까지 쏟아야 했는지 알 수 없었다. 남자는 내 어깨에 손을 얹었다. 나는 가만히 있었다. 남자는 얼굴에 흐르는 눈물을 닦아주었다. 남자의 손에 돌가루가 묻어서인지 얼굴이 따끔거렸다. 낯선 남자에게 위로를 받는 상황이 어색하지 않다는 게 이상했다. 남자에게서 땀 냄새가 났다. 나를 안고 있는 남자를 떼어내곤 아무 말 없이 발걸음을 돌렸다. 웃자란 풀잎을 흔들며 미풍이 불어왔다.

바람이 이마에 와 부딪힌다. 둑길은 폐타이어를 잘게 부수어 만든 붉은 바닥으로 이루어져 폭신하다. 나는 신발을 벗어 손에 쥐었다. 발걸음이 한결 가벼웠다. 바람이 얼굴을 스치고 지나갔다. 코끝으로 풀꽃 향기가 스쳤다. 이 길을 따라가면 뭐가 있을까. 바람을 맞으며 자유롭게 달려본다. 사랑은 신비로워서 보이지 않아. 행복은 가까이 있어도 잡히지 않아. 바람 부는 둑길 위, 이 길을 따라가면 자유, 행복, 사랑 같은 낱말이 공존하는 세계가 있을 것 같았다. 어쩌면 파라다이스가 있을지도 모른다는 기대감이 들었다. 그곳은 너무나 평화로워 불안 같은 건 애초에 없을지도 모른다. 전화와 문자와 카톡이 오는 소리를 번갈아 들으며 나는 계속 걸었다.

다리 난간을 붙들고 서서 강을 바라보았다. 강물은 도도히 흘러간다. 휘감아 내려가는 물줄기를 보면서 뛰어내리고 싶은 충동을 느꼈다. 허리를 숙이고 강을 내려다봤다. 어디선가 툭, 탁, 하는 소리가 들렸다. 수염이 긴 남자가 돌탑을 쌓는 소리다. 수민이 자박거리며 걸어와 내 옷자락을 당긴다. 남편의 얼굴이 강물에 어리비친다. 남편과 나와 수민이 둑길을 걷는다. 수민을 가운데 두고 양쪽에서 손을 붙잡고 비행기를 태운다. 하늘에는 구름을 벗어난 흰 달이 떠 있고, 강에는 달빛을 실은 물결이 넘실거린다. 수민이 클로버 꽃잎으로 시계를 만든다. 내 팔목에 시계꽃이 핀다. 수민이 만들어준 꽃시계는 시침, 분침, 초침이 없다. 수민의 웃음소리가 둑길을 따라 흐른다. 내가 잃어버린 시간을 수민을 통해 채운다는 건 애초부터 불가능한 일인지도 모른다. 거기에 매달려

살아온 시간이 허무해진다.

나는 둑길을 벗어나 건물 쪽으로 이어진 길을 걸었다.

땅이 한 번 더 흔들렸다. 강도는 운동장에서 느낀 것보다 약했다. 불이 켜진 가게 앞 입간판이 눈앞에서 넘어졌다. 그때 인기척이 났다. 넘어진 입간판 뒤쪽에 남편이 서 있었다. 남편이 지나가다가 나를 발견하고 차를 대고 달려왔다. 남편이 조금만 더 빨리 내렸다면, 내가 한 걸음 일찍 내디뎠다면 우리는 다쳤을지도 모른다. 어디서든 위험은 도사리고 있다. 많은 위험 속에서도 걸음을 멈출 수 없는 삶. 나는 남편을 안았다. 쿵쿵, 심장 소리가 들렸다.

기억하고 싶은 이야기

사람의 앞일은 예상하기 힘들다. 여든을 넘긴 나이라면 더욱 그렇다. 어제까지만 해도 마을회관에 나가 수다를 떨던 노인이지만 아침밥을 먹으려고 숟가락을 드는데 팔이 무거웠다. 반찬은 어제와 별반 차이가 없는데도 속이 메슥거리고 입맛이 없었다. 억지로 몇 숟갈 뜨다 말고 밥상을 밀었다. 상을 치우려고 일어서는 순간 어찔하면서 몸이 말을 듣지 않았다. 노인은 그 자리에 꽈당, 소리를 내며 쓰러졌다. 건천댁이 반찬통을 들고 대문간을 들어서고 있었다. 그녀는 쓰러진 노인을 보고 놀라 반찬통을 방바닥에 떨어뜨렸다.

건천댁이 노인을 일으키려 했지만 뻣뻣하게 굳은 몸은 힘에 부쳤다. 119에 전화를 거는 건천댁의 손가락이 떨렸다. 통화를 하는 사이 노인은 옷에다 소변을 싸놓고 버르적댔다. 노인의 아랫도리에서 지린내가 났다. 눈은 초점이 없고, 입은 끊임없이 알아들을 수 없는 헛소리를 했다. 먼저 간 남편을 부르며 뭐라고 혼잣말을 했다. 한쪽이 위로 올라가 비틀린 입에서 알아듣기 힘든 말이 흘러나왔다. 노인은 대화를 나눌 수 없을 정도로 많은 말을 쏟아냈다. 그 말은 무질서하게 배열돼 제멋대로 허공을 날아다녔다. 건천댁은 얼굴이 상기된 채로 벽을 주시했다. 벽에 자녀들의 전화번호가 큼직하게 적혀 있다, 언제든지 전화하라는 주문처럼. 아들 주석은 전화를 받지 않았다. 며느리인 민서에게 전화를 걸었다. 다행히 전화 연결이 됐다. 시어머니가 쓰러졌다는 말을 하자 민서의 목소리가 떨렸다.

"시어머니가 너거 집에 갈지도 모르겠대이."

"네에……."

"너거 시어머니가 주석이라 카믄 자다가도 벌떡 일어난다 아이가."

전화를 끊고 십 분 정도 지나자 긴박하게 응급 사이렌이 울리며 구급차가 도착했다. 구급대원들이 노인을 들것에 눕힌 채 차로 옮겼다. 축축한 아랫도리에서 나는 냄새 때문인지 그들은 고개를 한쪽으로 돌렸다. 노인을 태운 구급차는 쑥부쟁이가 흐드러진 들길을 달렸다. 응급 사이렌이 울리는 길옆으로 이슬을 머금은 쑥부쟁이의 연보라색 꽃잎이 햇빛에 반짝였다. 바람이 스치자 꽃이 차를 향해 희미하게 손을 흔들어주는 것처럼 하늘거렸다.

구급차는 노인의 논 옆을 지나는 중이었다. 남편이 저세상에 가고 난 뒤에도 노인은 줄곧 고향을 지켰다. 6·25 참전용사였던 남편은 한 손을 잃어 남은 한 손으로 농사를 지었다. 남편의 장애는 단순히 손을 잃은 데 그치지 않고 부부가 남들보다 두세 배는 힘들게 농사를 지어야 하는 이유가 됐다. 노인은 힘쓰는 일을 많이 해야 했다. 다친 것도 힘든데 사람들이 힐끗거리며 쳐다보는 눈길도 감내해야 했다. 논에는 남편과 땀 흘려 농사짓던 기억이 오롯이 살아 움직이고 있다.

병원 대기실에는 아들 주석과 딸 주영, 며느리 민서가 초조한 얼굴로 앉아 있었다. 노인이 수술실에 들어간 지 일곱 시간. 주석은 손에 깍지를 끼고 꽉 닫힌 수술실 문을 쳐다보았다. 이윽고 문이 열렸다. 의사는 마스크를 벗고는, 뇌출혈이 두 군데 있어서 핏덩이를 녹이는 수술을 했다고 말했다. 응급조치를 해놨으니 당분간 중환자실에서 경과를 지켜보자며, 안정될 때까지 시간이 걸릴 거라는 말도 덧붙였다.

노인은 헛소리를 이어갔다. 이 말을 했다가 금세 다른 말로 옮겨가는 걸로 봐서 정신이 온전치 않은 듯했다. 밤이 깊어지자 주석은 혼자서 보호자 대기실을 지켰다. 큰일이 있어도 시간은 멈추지 않고, 일상은 계속될 것이다. 희미한 조명 아래에 앉은 주석은 여러 개의 플랫이 걸린 음처럼 불안해졌다.

노인을 일반 병실로 옮긴 날이었다. 눈동자가 흐릿하고 볼에는 주름이 자글자글한 노인의 모습이 낯설다. 줄줄이 매달린 링거, 누르스름한 오줌이 담긴 소변 주머니, 늦은 시간까지 켜져 있는 텔레비전도 새삼 낯설었다. 잘 때 외에는 헛소리를 해대는 노인 때문에 눈을 거의 붙이지 못했다. 밤새 노인의 입에서는 정리되지 않은 이야기들이 펼쳐졌다간 사라지곤 했다. 비를 맞고 밭일을 하던 노인의 모습이 겹쳐진다. 특별히 아픈 데 없이 정정한 편이었는데 이렇게 병원에 누워 있는 걸 보니 주석은 한숨이 새어 나왔다.

주석은 24시간 노인을 돌봐줄 간병인을 구했다. 야근이 잦은 직장 때문에 병실에 붙어 있을 수 없었다. 가족이 병간호를 맡았으면 싶었지만 형편이 여의치 않았다. 민서도 낮에 일을 하기에 노인을 돌볼 수 없었다. 주영은 도와주지도 않으면서 아들 내외가 직접 병간호를 하지 않는다고 지청구를 해댔다. 이 일 저 일 간섭하기 좋아하고 마음에 안 들면 목소리를 높였다.

"어머님, 이제 저희 집에서 지내셔요."

민서의 말에 주영의 눈빛이 흔들렸다. 진심인지 의아해하는 표정이었다. 잠깐의 침묵이 흘렀다.

"됐다, 마! 나는 요양병원에 갈란다. 너거 양식 뭐 할라고 축내노."

노인의 말에 민서는 입을 다물었다. 노인네가 왜 그러는지 알 수 없었지만 일이 원하는 대로 되지 않자 표정이 굳어졌다. 주영은 어느새 입꼬리가 살짝 올라갔다.

"엄마, 그냥 우리 집에 가자."

주영이 다정함을 한껏 실은 목소리로 말했다.

"두 번 말하게 하지 말거라, 나는 요양병원에 갈 거니까."

이럴 땐 단호하게 말하지만 저러다 언제 또 이상한 행동을 할지 모른다. 주석은 엄마가 완쾌되지 않았다는 게 마음에 걸렸다. 병원비가 들어도 쾌차하길 바랐으나 뇌출혈 후유증은 생각보다 컸다. 멀쩡하다가도 엉뚱한 소리를 해대거나 전혀 다른 사람처럼 행동하곤 했다. 치료를 끝마쳤는데도 노인의 증세는 호전되지 않았다. 그나마 보조 보행기를 이용해 걸을 수 있다는 게 다행이었다.

"니가 알아서 엄마 모실 곳을 찾아."

주영은 주석에게 명령하듯 말했다. 톡 쏘면서 말하는 누나가 눈엣가시 같았지만 그런데도 주석은 싫은 내색을 하지 않았다. 아는 사람에게 수소문하고 인터넷을 찾아서 알아본 후 그중 시설이 깨끗하고 사람들이 괜찮다고 하는 요양병원을 골랐다. 도시에서 약간 떨어져 있지만 병원 내부가 깔끔하고 의사와 간호사, 요양보호사가 상주하는 곳이다.

요양병원 벽에는 노인들이 프로그램에 따라 활동하는 사진들이 걸려 있었다. 크레파스로 색칠한 그림은 처음 그림을 그리는 아이들의 것처럼 단순했다. 걷는 것이 온전치 않은 노인은 보조 보행기에 의지해 걸었다. 반질반질하게 닦인 복도를 지나 환자복을 입은 사람들이 있는 휴게실을 지났다. 흰 가운을 입은 간호사와 연분홍 유니폼을 걸친 요양보호사가 바쁜 걸음으로 왔다 갔다 했다. 노인이 기거하는 방은 여섯 명이 함께 쓴다. 침대가 놓여 있고 동편으로 창밖이 내려다보여 전망이 좋았다. 구릉 뒤편 응달쪽에 키 작은 소나무와 마른 나뭇잎이 매달린 굴참나무 몇 그루가 보였다. 바람이 나뭇가지를 스산하게 흔들고 지나갔다.

노인이 화장실에 가고 싶다고 해서 주석이 따라나섰다. 노인은 스스로 옷을 내리고 소변을 봤다. 살아 있는 동안에는 먹고 싸야 한다는 게 신산스러웠다. 이제 할 수 있을 거 같아. 노인은 인중 부근에 주름을 잡으며 말했다. 침대로 돌아올 때도 스스로 보조 보행기를 짚고 돌아왔다. 침대에 올라앉은 노인은 손을 맞잡고 만지작거렸다. 병원에서 목욕을 제때 시켜주는지 손이 깔끔했다. 일로 다져진 노인의 손은 오랜 병원 생활에도 힘줄이 굵게 돋아 있었다. 다시 건강이 회복될 수 있으리라는 희망을 보는 듯했다.

"거긴 버스 타기가 너무 불편해." 퇴근해 오기 무섭게 주영이 전화를 걸어와 목소리를 높였다. "밥 먹는 시간도 정해져 있어 먹고 싶을 때 먹을 수도 없고, 내가 끓여간 죽 아니었으면 할마씨 배곯을 뻔했잖아. 할 자신 없으면 물러서 있든지, 시설에 맡겨놓고 나 몰라라 하면 어떡해."

사실인지 아닌지 확인도 되지 않았는데 주영은 속사포처럼 불편한 말들을 쏟아냈다. 노인을 요양병원에 모신 지 채 일주일이 되지 않았는데도 주영은 불만을 터뜨렸다. 주말에야 시간이 나는데 주중에 전화가 와서 야단법석을 떨었다. 일부러 흠집을 잡으려는 사람처럼 얄밉게 굴었다.

"주말에 들러서 사정을 알아볼게요."

"더 말할 필요 없고 자주 와보든지 해. 아들이라고 다 해줘도 제대로 하는 게 없어."

주석은 윗니로 아랫입술을 잘근 깨물었다. 맞벌이를 하는데다 시설 좋은 곳을 찾다 보니 병원이 멀리 떨어져 있는데 평일에 어떻게 자주 와보라는 건지 이해가 되지 않았다. 만사를 제치고 요양병원으로 향했다. 회사에서 엠티가 있었지만 어쩔 수 없었다.

"엄마, 오늘 기분 어때요?"

"늘 글치 뭐."

"엄마 좋아하는 박하사탕이랑 상투과자 사 왔는데 잡숴

봐요."

"이런 건 뭐하러 사 왔노?"

주석은 설탕이 발린 박하사탕 한 알을 노인의 입안에 넣어 주었다. 오물오물 사탕을 빨아 먹는 노인이 오늘은 정신이 맑아 보였다.

"밥 자시는 시간이 모자라요? 누나한테서 전화 왔던데."

"모자라기는 뭘 모자라, 많이 묵지도 않는데."

그 말을 듣는 민서의 얼굴이 일그러졌다. 노인은 말끔하게 단장되어 있었고, 불편해 보이지도 않았다. 집에 모셔서 잡음을 없애고 싶었지만 노인의 반대로 마음대로 되지 않던 차에 주영의 잔소리를 들으니 언짢았다.

"애들은 안 왔어?"

"학원에서 미술 대회 나간다고 못 왔어요."

노인은 꼬깃꼬깃한 만 원짜리 몇 개를 꺼내 애들에게 주라며 내놓았다. 주석은 손을 내저었다. 나온 돈은 안 들어간다며 노인은 민서에게 다시 돈을 내밀었다. 민서는 못 이기는 척 받아 넣었다.

방금 점심을 먹었는데 주영은 멀건 흰죽을 끓여왔다. 입맛에 당기지도 않는 흰죽을 침대에 딸린 식탁 위에 펼쳐놓고 웃고 있었다. 죽을 한 숟갈 떠서 노인의 입에 강제로 밀어 넣었다. 노인은 두어 순갈 받아먹더니 고개를 가로저었다.

"엄마, 내가 목욕시켜 줄까?"

"어제 아줌씨가 시켜 주더라."

주영은 손톱깎이를 꺼내 노인의 손톱을 정리했다. 톡톡거리며 발톱을 깎을 때 주영이 대뜸 물었다.

"집 있잖아, 그거 나 주면 안 돼?"

"그건 주석이 몫이라고 니 아버지가 말했다 아이가?"

"아버지 안 계시는데, 엄마가 한마디 하면 되지."

"난 모린다. 니 몫은 아버지 살았을 적에 돈으로 줬제."

노인은 무심하게 뱉고는 먼 산을 바라보았다. 주영의 모습이 희미하게 보였다. 매직으로 쫙 편 단발머리가 사각턱을 드러나 보이게 한다. 늦게까지 누에를 치느라 분주하다. 사각사각, 똑똑, 촤르르르…… 부드러운 이파리를 갉는 소리, 굵은 잎줄기를 먹는 소리, 애벌레가 일제히 잎을 갉아 먹는 소리가 빗소리처럼 들린다. 주영이 뽕잎을 따다 나른다. 누에가 늙은 몸을 말아 고치를 짓는다. 한 잠 자고 두 잠 자고, 어느새 투명한 몸의 물기를 말리고 나방이 햇살 속으로 날아간다. 일을 곧잘 하던 단발머리 중학생인 주영과 커트 머리를 한 중년의 모습이 겹친다.

주영은 퉁명스러운 얼굴로 노인을 바라보다 이내 표정을 바꾸었다. 들고 온 가방에서 상자를 꺼냈다. 흰 러닝셔츠와 알록달록한 꽃무늬 팬티가 들어 있었다. 노인의 얼굴에 화색이 돌았다. 그동안 요실금 증세로 속옷이 턱없이 부족한 터였다.

"사는 것도 힘들 낀데……."

"엄마에게 필요한 건 내가 잘 알잖아."

콧소리로 아양을 떨던 주영은 속옷을 사물함에 넣었다. 그 속에는 음료수 세 박스와 두유 한 박스, 빵과 과자가 들어 있었다. 주영은 포도 음료 두 박스를 꺼내 들며 겸연쩍게 웃었다.

"이렇게 쌓아두면 누가 가져가도 모르니까 이건 집에 갖다 둘게. 더 맡길 거 없어?"

노인은 주영을 물끄러미 쳐다보았다. 호주머니에 든 돈을 만지작거렸지만 주영에게 내놓지는 않았다. 주영은 냉장고에 죽을 넣어 놓았다고 말하고는 음료수를 들고 휑하니 사라졌다.

주말에 주석 내외는 다시 요양병원을 찾았다. 노인이 입원한 후 주말은 주로 거기서 보낸다. 고향 마을에서 건천댁이 병문안차 들렀다. 건천댁은 들어서자마자 눈시울을 붉혔다. 구릿빛으로 탄 얼굴에 번질번질 눈물이 흘러내렸다. 휴지로 눈물을 찍어내고는 한탄하듯 말했다.

"형님같이 경우 바른 사람이 이런 곳에 오게 될 줄 우째 알

았겠는교?"

"벨 소릴 다 듣네. 여기가 사람 못 사는 데라도 된다 카더나?"

"얼매나 고생이 많소."

"고생은 무신, 밥 주고 씻겨주고 만구 편하구마는."

"형님이 그리 가고 난 뒤에 평촌 할배도 쓰러져 딸네 집에 갔는데 죽네 사네 한대요."

"죽는 기 맘대로 되믄사."

주석은 건천댁이 들고 온 시루떡을 받아들었다. 짙붉은 팥고물이 흰떡 위에 골고루 뿌려져 있었다. 평소 노인이 좋아하는 떡이다. 민서는 떡을 일회용 접시에 덜어 식탁에다 놓았다. 건천댁은 떡을 손으로 뚝 떼어 노인에게 건넸다. 노인은 웃으며 받아먹었다. 오물거리는 볼살이 쪼글쪼글하다. 건천댁은 서글서글하게 큰 눈에 미소를 머금고 담소를 나누었다. 열 살 정도 아래지만 살갑게 하는 양은 친구 같다.

"참, 잊아뿔 뻔했네. 형님이 늘상 자랑하던 사진을 내가 갖고 왔으니 심심할 때마다 들바다보소."

"고맙구먼. 그렇잖아도 집 생각 마이 났는데……."

"병원에 있기 답답하믄 고향에 함 오시소. 내가 같이 있어 줄 거니까네."

"언제 한번 가보고 싶긴 하다만……."

"꼭 댕기러 오시소. 형님 집이 비어 있으니 내 맴에 구멍이 난 것 같소. 이만 가볼끼요."

건천댁을 배웅하려고 노인은 불편한 몸을 일으켰다. 보조 보행기를 짚고 건천댁을 따라 걸었다. 건천댁은 관절염이 있어서 다리를 절었다. 절뚝거리며 걷는 뒷모습이 힘들어 보였다. 수십 년을 시골에서 농사짓고 살다 보면 고질병 없는 사람이 별로 없다. 엘리베이터를 타는 건천댁을 향해 팔을 흔들었다. 건천댁도 손을 오므렸다 펼치며 들어가라는 손짓을 했다. 두 사람은 연인이라도 되는 듯 애틋한 눈길을 주고받았다.

노인은 쑥부쟁이 꽃이 무더기로 핀 언덕에 서 있다. 남편의 무덤 옆에 흐드러진 꽃들이 춤을 춘다. 들국화를 한 아름 안고 무덤 앞에 놓는다. 노인은 두둥실 어깨춤을 춘다. 남편이 노인과 함께 춤을 춘다. 짙은 쑥부쟁이 꽃 향이 감미로운 바람을 타고 날아온다. 어화둥둥 내 사랑아, 나도 데려가 주오.

건천댁을 배웅하고 온 노인은 상태가 안 좋아졌다. 무슨 일인지 몰라도 인상은 굳어져 있었고, 주석을 봐도 시큰둥했다.

"니 애비가 부르는 소리 들린다. 어서 나가봐라."

노인은 옷섶을 쥐어뜯다가 손을 허우적거렸다. 단추가 풀려 축 늘어진 젖가슴이 드러나 보였다.

"어머니, 왜 이러세요?"

주석은 노인의 손을 붙잡았다.

"어서 나가 보라니까네. 야야, 뭐 하노?"

노인은 몸을 기우뚱거리며 일어나려다 침대에서 떨어졌다. 의식하지 않고 떨어져서인지 다행히 다친 곳은 없었다.

"아이구야! 이놈이 에미 말을 안 듣고 사람 잡네."

"제발 정신 차리세요."

민서가 노인을 일으켜 세웠다.

"근디, 당신은 누구요?"

"어머니 며느리도 몰라보세요?"

노인은 민서를 알아보지 못했다. 창 앞에 놓인 고무나무 이파리 하나가 뚝, 떨어졌다. 민서는 허겁지겁 간호사실로 달려갔다. 간호사가 상태를 살피더니 의사를 호출했다. 담당 의사는 치매 증세가 있다면서 주사와 약을 처방하고 절대 안정을 당부했다. 주사를 맞고 얼마 지나지 않아 노인은 잠에 빠져들었다.

주석이 구내식당에서 점심을 먹고 잠시 쉬고 있는데 전화벨이 울렸다. 누나였다. 화면을 한참 쳐다보다가 전화를 받았다.

"지금 우리 집 근처 요양원으로 엄마 모셔가는 중이다."

"그게 무슨 말이요?"

"멀어서 자주 가보지도 못하는 데다 모셔 놓고 징역살이시키는 것도 아니고 이번에 가 보니까 엄마가 더 안 좋더라. 가까이 모셔 놓고 내가 자주 돌볼 거니까 그리 알아래이."

"상의 한마디 없이 너무하는 거 아닙니까?"

"엄마가 좋으믄 다 좋은 거지 뭐가 더 필요하노? 엄마도 좋다 캤으니까 이만 끊는대이."

주석은 한동안 아무 말도 못 하고 그 자리에 앉아 전화기만 뚫어져라 쳐다보았다. 가슴이 부들부들 떨려왔으나 아무 일도 할 수 없었다. 아들이라면 깜박 넘어가는 어머니가 누나의 말에 동의했다니 믿기지 않았다.

"형님 너무하는 거 아니에요? 진짜 답 없네."

"……."

"당신이 사람 좋게 흥흥하고 다니니까 몰랑하게 보고 하는 처사잖아요. 사람이 눈에 불 좀 켜고 다녀요."

"나도 생각조차 못 한 일인걸……."

"형님 집 가까이 모셔놓고 자주 가보네 어쩌네 하면서 얼마나 스트레스를 줄지, 아버님이 당신한테 준다고 한 재산을 제 몫 내놔라며 억지소리 할지도 모르는데 지금 진정하게 생겼어요?"

"그놈의 재산! 재산!"

"생전에 이전해 주고 갔으면 오죽 좋아? 아버님 돌아가시고도 정리 안 하고 진짜 너무하는 거 아냐? 정신도 오락가락 하는 어머님 입만 쳐다보고 있는 게 말이 돼? 당신은 왜 자기 주장을 못 해?"

"지금 그 얘기가 왜 나와? 듣기 싫으니까 그만해."

시내 한복판에 있는 요양원은 주차장이 좁아 차를 대는 데 애를 먹었다. 좁은 엘리베이터를 타고 올라갔다. 의사는 보이지 않고 간호사와 요양보호사가 보였다. 어머니가 모셔져 있다는 3층에는 할머니 열두 명이 복닥복닥 자리하고 있었다. 개인 공간이 좁아 바로 옆에 다른 할머니 침대가 붙어 있다시피 했다. 옆 침대에 있는 할머니는 꼼짝 않고 누워 있었다. 병원비가 전에 있던 요양병원의 절반이라더니 시설이나 서비스가 턱없이 열악했다. 한 공간에 사람이 많아 공기는 답답했고, 제때 치우지 않은 대소변으로 비릿한 냄새가 났다. 민서는 헛구역질을 했다.

"할머니가 자꾸 기저귀를 뜯어요."

"지금 기저귀라고 하셨어요?"

"소변을 자주 지려서 감당이 안 돼요."

불과 일주일 전만 해도 화장실을 왔다 갔다 하던 노인이 침대에만 누워서 기저귀에다 싸고 그 자리에서 밥을 먹는다는 얘기였다. 노인은 눈두덩이 부어 있었고 뭔가 불안해 보였다.

"여기서 나가면 남편이 온다니까."

거동은 잘하는데 정신이 온전치 않은 할머니가 창밖을 내다보며 중얼거렸다.

"만날 온다는 말만 하지 진짜 오는 건 한 번도 못 봤네요."

요양보호사가 입을 샐쭉거리며 놀리듯 말했다.

"집에 갈란다."

주석은 그 할머니를 쳐다보다가 눈길을 거두고 노인 쪽을 보았다. 평소에 노인답지 않게 요양보호사의 눈치를 보는 것 같았다. 노인은 무슨 이유인지 아이처럼 울먹거렸다. 이유를 말하지 않았지만 불편한 게 있는 모양이었다. 요양병원을 옮기는 데 동의했느냐고 물어보려 했지만 상태가 좋지 않아 그 말은 못 했다. 노인은 오늘도 여전히 민서를 알아보지 못하고 말을 높였다. 주석은 사 온 두유를 사물함에 넣었다. 상투과자를 꺼내 노인에게 건넸다. 노인은 먹다가 사레가 걸려 캑캑거렸다. 어린아이처럼 먹는 게 서툴렀다. 민서는 얼른 물을 가져왔다.

"누군지 몰라도, 고맙소."

노인은 민서를 쳐다보며 말했다. 기억에서 하나씩 지워야 살 수 있다면 중요하지 않은 순서대로 지울 것 같았다. 민서는 노인에게 지워진 존재가 된 것이다.

노인 옆에 있는 할머니는 꼼짝도 하지 않고 누워만 있었다. 그 옆 침대는 이틀 전에 비었다고 했다. 숨만 쉴 뿐 미동도 없는 할머니는 언제 자리를 비울지 알 수 없었다. 죽음을 목전에 둔 것 같았다.

노인은 눈곱이 끼어 있었고, 침대에는 지린내가 배어 있었다. 목욕을 제때 안 시켜주는 모양이었다. 민서는 노인을 목욕실로 데리고 가서 옷을 벗겼다. 탄력 없이 앙상한 몸이 드러났다. 거품 수건에 비누를 묻혀 먼저 몸에다 칠했다. 샤워기로 헹구니 비늘 같은 때가 떠내려갔다. 때수건으로 박박 문지르는데 허연 때가 지우개 가루처럼 일어났다. 축 늘어진 피부가 때수건을 따라 이리저리 밀렸다. 앙상한 골반 아래로 듬성듬성하게 치모가 나 있었다. 할 일을 다 한 듯 희고 가늘어진 치모 몇 가닥. 목욕실은 사방이 벽으로 둘러싸였고, 있으나 마나 한 작은 창이 하나 달려 있어서 숨이 막혔다.

주석은 노인을 부축해서 복도를 걸었다. 노인은 걸으니까 다리가 좀 풀린다고 했다. 이렇게 운동을 시키면 될 일을 귀찮다고 기저귀를 채워두었다. 주석은 요양보호사에게 음료수 박스를 전하면서 하루에 한 번씩 운동을 시켜주고 기저귀를 채우지 말 것을 부탁했다.

주영이 노인을 며칠간 집에 모시겠다고 했다. 노인은 기력이 쇠약해져 애초에 자식 집에 살지 않겠다는 고집도 점점 약해져 갔다. 주영은 직장생활을 하고 있었기에 낮 동안 노인은 혼자 있어야만 했다. 햇살이 잘 들지 않는 방에서 온종일 딸을 기다리며 보냈다. 노인은 혼자 있는 시간 동안 보조 보행기를 짚고 방 안을 걸었다. 몇 바퀴 돌고 나면 싫증이 나 다시 앉았다가 누웠다가 했다. 어두운 방은 저물녘처럼 음산했고, 혼자 걷는 운동은 즐겁지 않았다. 요양병원에서도, 딸의 집에서도 마음이 허전한 건 비슷했다.

뒤뜰 대숲 사이로 바람이 불어오는 고향 집이 생각났다. 노인은 건천댁이 갖다 준, 남편과 함께 찍은 사진을 꺼냈다. 남편과 오랫동안 함께했던 집. 선을 보러 간 자리에서 장갑 낀 의수를 봤을 때 운명이라 느껴 남편과 결혼했다. 남편은 술 마시는 횟수가 잦았다. 전쟁의 기억에서 벗어나지 못해 밤에 전쟁터를 누비는 꿈을 꾸었다. 악몽에 시달려 소리를 지르며 일어나는 날이 많았다. 몸보다 정신적으로 힘든 기억을 극복하기가 더욱 어려웠다. 남편을 보듬으며 산 세월이 주마등처럼 스쳤다.

자식들은 노인이 밥을 제대로 해 먹을 수 없다는 이유로 집에 가는 걸 반대했다.

방 안의 어둠이 짙어질 때쯤 주영이 왔다.

"지린내가 많이 나네. 목욕하게 옷 벗어."

"피곤한데 놔둬."

"내가 냄새에 민감하잖아."

힘들게 옷을 벗고 나니 주영이 노인을 부축해서 화장실로 데리고 갔다. 말은 하지 않았지만 귀찮아하는 표정이었다. 주영은 노인을 세면대에 세워두고 머리에 물을 부었다. 샴푸를 칠하고 헹굴 때는 물이 콧속으로 들어갔다. 샤워기가 고장 나서 물을 대야에 받아서 쓰는 거였다. 주영이 물을 한 바가지 부을 때마다 머리에 힘이 다 빠져나가는 듯했다. 겨울이라 따뜻한 물을 쓰는데도 한기가 났다.

거실에서 전화벨 소리가 들렸다.

"엄마, 잠깐만." 주영은 손을 대충 헹구더니 욕실 밖으로 나갔다. "엄마 목욕시키는 중이야. 엄마가 우리 집에 오니 좋으신가 봐. 혈색도 좋고, 이야기도 곧잘 하셔. 니가 좋다면 우리 집에 계속 모시고 싶은데 니 생각은 어때?"

노인은 주영의 말에 반기를 들고 싶었지만 기운이 없었다. 요양원도, 이곳도 견디기 힘든 건 마찬가지였다. 더는 여기서 지내고 싶지 않다고 말하고 싶은데 생각처럼 입이 떨어지지 않았다. 주영에게 가려고 한 발 내디뎠는데 바닥이 미끄러웠다. 넘어지지 않으려고 안간힘을 썼다. 용을 쓸수록 몸의 균형이 흐트러지고 다리에 힘이 빠졌다. 노인은 그대로 자빠지고 말았다.

"아이쿠!"

"그만 끊는대이."

노인은 밀려오는 통증에 눈물이 찔끔 났다. 엉치뼈가 끊어질 듯 아팠다. 몸을 일으키려 했지만 꼼짝할 수 없었고 통증만 심했다. 노인은 기진맥진해서 정신이 아뜩해졌다. 주영은 엄마가 넘어졌다며 주석에게 전화를 하고, 바가지에 물을 떠서 누워 있는 노인의 몸에 퍼부었다. 비눗물이 씻겨 내려가는 동안에도 노인은 아야, 아야 신음을 내질렀다. 주영은 얼굴이 붉어진 채로 노인을 일으키려 했다. 노인은 더 큰 소리를 질러댔다. 욕실에 눕힌 채로 수건으로 몸을 닦았다. 욕실 안은 김이 서려 부옇게 보였다. 주영은 방으로 가서 노인의 옷가지를 챙겨왔다. 수건을 욕실 바닥에 깔아서 노인 주변의 물기를 빨아들이게 했다. 옷을 입히기 시작했다. 노인은 앙상한 몸을 드러내고 덜덜 떨었다. 주영은 노인의 옷을 다 입히고 담요를 들고 와서 덮어줬다. 그래도 노인은 계속 떨고 있었다.

벨 소리가 울려 문을 열자 주석과 민서가 사색이 되어 들어왔다. 주영은 어색한 얼굴로 두 사람을 맞았다. 주석은 노인을 업고 차로 옮겼다.

병원에 도착해 엉덩이 부분에 엑스레이를 찍고 한 시간쯤 지났을 때 결과가 나왔다. 의사는 엉치뼈에 금이 가서 수술을 해야 한다고 했다. 몇 군데 금이 간 곳을 철심으로 고정하는 거라 했다. 나이가 있어서 자연적으로는 뼈가 붙지 않는다니 다른 방법이 없었다.

수술은 무사히 끝났지만 노인은 걸을 수가 없었다. 그나마 보조 보행기에 의지해도 걷지 못했다. 걷지 못한다는 건 배변을 스스로 할 수 없다는 걸 뜻했고, 그것은 큰 불행 중 하나임을 깨닫게 됐다. 변을 싸면 자식에게도, 며느리에게도, 요양보호사에게도 말하기가 곤란했다. 가장 수치스러운 부분을 닦으며 냄새나는 변을 치우는 모습을 지켜본다는 건 곤혹스러웠다. 노인은 정신을 놓고 싶었고, 실제로 많은 걸 망각해 갔다.

한 달 반에 걸친 입원을 끝내고 노인은 다시 요양원으로 거처를 옮겼다. 주영의 주장으로 일전의 그 요양원에 가게 됐다. 주영에게서 전화가 왔다. 어머니를 중증인 사람들이 기거하는 4층으로 모시게 됐다는 말을 전했다. 요양보호사가 오지 않으면 고함을 질러대는 바람에 다른 사람의 밤잠을 방해한다는 거였다. 평소에 남에게 피해를 주는 일이라면 기겁을 하는 사람이 왜 자꾸 변해 가는지 알 수 없었다. 누군가의 도움이 필요할 때에 요양보호사가 와주지 않으니까 그런 것 같았다. 질척한 기저귀를 차고 싶지 않아서 소리를 지르는지도 몰랐다. 그곳에는 한 층에 한 명의 요양보호사만 상주했다. 그것도 음료수나 먹을 것을 자주 사다 주면 신경을 써주고 그렇지 않을 때는 대충 대한다는 소문이 있었다. 치매 환자들은 막 대한다는 말도 들려왔다. 주석 내외는 요양원에 가기 위해 채비를 차렸다. 마트에 들러 요양 보호사에게 줄 음료수 한 상자를 샀다.

환기시킨다고 열어놓은 창문 틈으로 바람이 새어 들어왔다. 노인이 마른기침을 했다. 환자복에 붙은 단추 하나가 침대로 굴러떨어졌다. 낯선 여자가 휴대폰을 들고 떠들더니 노인에게 요구르트를 떠먹여 주었다. 얼굴에는 웃음을 머금고 있었다. 친절한 이 여자는 왜 이러는 걸까? 여자는 물티슈를 뽑아서 얼굴을 닦아댔다. 노인은 피부가 따끔거려 인상을 찌푸렸다.

"엄마, 집 그거 나 주면 안 돼?"

낯선 여자가 엄마라 부르며 집까지 달라고 했다. 노인은 여자를 경계하는 눈초리로 쳐다보았다. 사기꾼이 많다더니 낯선 여자는 대놓고 딸이라고 거짓말을 해댔다.

"미친년, 어디 와서 수작이야."

"엄마, 딸한테 그게 무슨 말이야?"

민서가 입구에서 화장실에 들렀다 간다고 해서 주석이 먼저 병실에 들어서다가 두 사람이 주고받는 말을 우연히 주워들었다. 아픈 사람에게 저런 말을 해서 심기를 건드리는 이유를 알 수 없었다. 원하는 대답을 듣지 못해 심드렁해진 주영이 막 일어나려고 할 때 주석이 다가갔다.

"주석이 왔어?"

"어머니, 괜찮으세요? 걱정 많이 했잖아요."

노인이 주석을 알아보자 주영이 미간을 찡그렸다.

"니넨 대체 뭐 하는 사람들이고? 자주자주 좀 와 보라니까."

"누나는 어머니 몸도 안 좋으신데 왜 쓸데없는 얘긴 하고 그래요?"

"말이 나왔으니 말인데, 나도 재산에 권리가 있잖아?"

"형님이 우리한테 어찌 그럴 수 있어요? 형님 몫으로 돈은 돈대로 받아갔다면서요."

아무 말도 못 하고 서 있는 주석의 뒤로 늦게 병실에 들어서던 민서가 끼어들며 대꾸를 했다. 주영은 더 말하기 싫다는 듯 이만 가봐야겠다며 일어섰다. 서로 인사를 하는 둥 마는 둥 했다.

속눈썹이 길고 까만 눈동자를 가진 주석이 침대 옆에 앉아 있었다. 갓난쟁이가 강보에 싸여 누워 있다. 유난히 큰 눈에 쌍꺼풀이 또렷하다. 천장을 바라보는 아기는 사슴처럼 맑은 눈을 하고 있다. 아기는 젖을 물고 스르르 눈을 감는다. 자장자장 우리 아가, 잘도 잔다, 우리 아가. 노인이 자장가를 흥얼거린다.

"니가 태어났을 때 세상을 다 가진 것 같았지. 너거 아버지도 얼매나 기뻐했는지 몰라. 불편한 몸으로 손수 소고기를 끊어왔지. 너거 할매가 끓여준 미역국은 또 얼매나 맛있던지……."

노인은 무엇에 홀린 듯 오래된 이야기를 했다. 입에 미소를 띤 채 주절거렸다. 좋은 징후인지 나쁜 징후인지 알 수 없었다. 노인의 기억은 온통 과거에 머물러 있는 것 같았다. 현재와 가까운 것은 다 잊어버리고 과거에 좋았던 기억을 애써 떠올렸다. 오늘도 민서를 알아보지 못했다. 심지어 딸인 주영까지도 못 알아보는 지경에 이르렀다. 노인의 머릿속에는 하나씩 삭제해버리는 불필요한 파일처럼, 현실의 기억들이 점점 지워지고 있었다.

노인은 가슴이 조여 오는 느낌에 심장 부근에 손을 댔다. 주석은 알아보겠는데 빤드러운 얼굴로 앉아있는 두 여자는 잘 모르겠다. 노인은 은발이 듬성듬성 보이는 주석을 보며 힘을 내고 싶었다. 주석은 걱정스러운 얼굴로 자신을 들여다보고 있다. 그 지긋지긋한 요양원을 떠나 여기는 또 다른 병원이다. 벌써 몇 시간째 검사한다고 소독약 냄새가 지독한 이곳저곳을 돌고 있다, 치렁치렁하게 링거줄을 매단 채로. 이렇게 몸이 말을 안 듣는데 검사는 뭐 하려고 하는지 알 수 없었다. 두 여자는 냉랭하게 얘기도 잘 나누지 않았다. 정말 재수 없는 여자들이다. 다음 검사를 기다리는 중인데 힘이 다 빠져나가는 듯하다. 자꾸만 숨이 헐떡거려지고 심장이 천둥 치듯 쿵쾅거린다.

"엄마! 그때 집 저 주신다고 하셨죠?"

"아니죠, 어머니! 저 사람 몫이잖아요?"

"너거 줄 재산…… 한 개도 없대이. 그저 살아 있는 동안만 내 건 기라."

노인은 혼신의 힘을 다해 가까스로 내뱉었다. 그 말이 뱉어짐과 동시에 병실에는 정적만이 감돌았다.

머리가 희끗희끗한 저 남자, 기억이 날 듯 말 듯하다. 정말 기억하고 싶은 이야기가 있는 것 같은데 떠오르지 않는다. 희끗한 머리, 굵은 쌍꺼풀, 꾹 다문 입매가 낯설지 않다. 형체가 또렷하다 흐려지다 한다. 순간 남자의 모습이 희미해진다. 여자들의 모습도 흐려진다. 아무것도 보이지 않는다. 캄캄한 어둠만이 눈앞에 가득하다. 노인은 세상과 이별할 시간임을 직감했다. 앞에 앉아 있는 사람들은 아무도 알아채지 못했다. 살갑게 쳐다보던 저 남자도 잘 모르는 듯하다. 노인은 눈을 감는다. 남편이 웃으며 팔을 벌린다.

"어머니!"

"엄마! 엉뚱한 말씀 말고 그 말씀을 하셔야죠?"

노인은 눈이 떨어지지 않았다. 평소보다 눈꺼풀이 두세 배는 무거웠다. 중요한 말을 하라는 여자의 목소리가 아련히 멀어지는 듯했다. 심장이 발작하듯 뛰고 숨쉬기가 힘들다. 들이쉬고 내쉬는 게 마음대로 되지 않는다. 팔이 제멋대로 흔들린다. 날숨, 들숨, 그리고 다음 순간에 숨이 덜컥, 멎는다.

감긴 눈, 펌프질을 멈춘 뛰지 않는 심장, 영혼이 빠져나간 육체. 체온이 급격히 떨어졌다. 노인의 몸뚱이는 식어갔다. 자는 듯이 보이는 노인 옆에서 다음 검사를 준비하던 간호사는 겸연쩍은 얼굴을 했다. 의사가 노인의 눈을 살펴보았다.

"운명하셨습니다."

"당신네들 때문에 임종도 못 봤잖아!"

주석은 억장이 무너지는 듯 입을 앙다물었다. 턱 밑으로 눈물이 떨어지고, 어깨가 들썩거렸다. 주영과 민서는 노인 곁으로 달려갔다. 노인은 이 세상 사람이 아니었다. 주영이 노인의 손을 잡고 소리 내어 울었다. 민서는 눈물을 훔치며 노인의 발을 만지작거렸다.

가면

버스를 타려고 정민은 앱을 확인했다. 벌써 한 정류장을 지나간 위치에 버스 그림이 떠 있었다. 평소에 25분 간격으로 차가 있어 시간을 맞춰 나왔다. 정해진 시간이 아닌데 버스가 집 앞 정류장을 지나가버린 것이다. 오늘은 월례 회의가 있는 날이다. 아파트 입구에 택시 한 대가 나오고 있었다. 어떡하나 머뭇거리는 사이 차가 지나갔다. 뒤늦게 꽁무니를 따라 뛰었지만 택시는 유유히 멀어져갔다. 다음 버스는 올 기미도 보이지 않았다. 다급해진 정민은 그제야 콜택시를 불렀다. 허겁지겁 회사에 도착하니 14분 지각이었다. 회의장을 들어서자 사람들의 시선이 일제히 정민에게 쏠렸다. 지점장은 정민을 보더니 눈을 위아래로 굴리며 오만상을 찌푸렸다.

팀장인 가희가 지점장이 자리한 회의석상에서 한 달 치 보험 실적을 보고하는 중이었다. 회의실 분위기는 사뭇 진지하고 긴장돼 있었다. 정민의 친척을 섭외해서 팀장과 함께 계약서를 작성한 열한 건 중 여섯 건이 팀장의 실적으로 올라갔다. 팀장은 지점에서 실적이 가장 높은 명인이 되면 같은 조인 정민에게도 보상이 있을 거라고 했다. 하지만 지점장의 태도로 봐서 회사에서는 그런 걸 전혀 모르는 눈치였다. 지점장은 가희의 매끈하게 쭉 뻗은 다리에 시선을 고정한 채 고개를 끄덕였다. 정민은 얼굴이 붉어지면서 몸에 열이 확 올랐다. 팀장의 행태에 대해 항의하고 싶었지만, 말이 입 밖으로 나오지 않았다. 상사로 있는 팀장에게 밉보여서 좋을 일이 없었기에 선불리 말을 내뱉지 못했다. 임기응변에 약한 정민은 이런 일로 후회하는 일이 잦았다. 회의를 마치고 지점장에게 꼭 말하고 나가야겠다고 마음을 다져 먹었다.

"송가희 씨가 보험왕에 뽑히면 이벤트로 가면무도회를 열 것입니다."

지점장이 감정이 실리지 않은 어투로 말했다. 가희가 보험왕이 되는 게 거의 확실한 분위기였다. 보험왕을 축하하는 가면무도회라니? 정민은 지점장의 말에 고개를 갸웃거리며 말도 안 되는 소리라고 구시렁거렸다. 평소에 가면 따윈 필요하다고 생각지 않았고, 게다가 모여서 가희를 위해 그걸 쓰고 춤추며 놀다니 어이가 없었다. 가면무도회를 한다면 가면이 하나씩은 있어야 할 텐데, 그것부터 내키지 않았다.

지점장은 실적이 낮은 정민을 벌레 보듯 쳐다보았다. 팀장

반만큼이라도 해봐요. 치마 좀 입고 다니고요. 정수리가 벗겨진 지점장은 복사뼈까지 내려오는 정민의 검정 바지를 훑어보며 낮게 쏘아붙였다. 팔자주름이 정민을 힐난하듯 꿈틀거렸다. 정민은 바지정장을 차려입은 자신을 내려다보며 눈을 내리깔았다. 호두 두 개가 부딪혀 내는 딸그락거리는 소리가 정민의 귀를 자극했다. 건강염려증이 있는 지점장은 혈액 순환에 좋다면서 손에 호두를 굴리며 다닌다. 미끄러지듯 다가오는 그 소리로 정민은 지점장의 위치를 파악하곤 했다. 지점장은 통통하면서도 내려갈수록 쭉 뻗은 손가락이 여자 손처럼 고왔다. 그가 정민에게 잔소리하는 횟수가 잦았지만 정민은 고스란히 감내했다. 얼굴에 비굴한 웃음을 지으며 친척을 찾아 헤맸던 시간이 머리를 스쳤다. 나, 보험 들어놨어. 친척이라고 해서 보험을 다 들어주지는 않는다. 이 핑계 저 핑계 대며 거절하는 사람이 태반이다. 다음 달 실적을 강조하며 얇은 입술에 침을 묻히던 가희가 웃으며 말을 마쳤다.

회의가 끝나고 정민은 자리에서 일어났다. 지점장에게 실적에 대해 사실대로 알릴 기회였다. 빠져나가는 사람들을 헤치며 지점장 쪽으로 걸어가는데 가희가 다급하게 불렀다.

"볼일 있으니 먼저 내려가 계세요."

정민은 가희를 부담스러워하며 말했다.

"우리 빨리 나가요."

가희는 정민의 팔짱을 끼고 잡아끌었다. 가희는 평소에 불리할 때면 불그레한 잇몸까지 드러내며 웃었는데 그럴 때마다 예쁘다는 환상이 깨지곤 했다. 그 표정으로 정민을 쳐다봤다. 미처 뿌리치지 못하는 사이, 지점장은 회의실 입구를 벗어나고 있었다.

뾰로통해져서 눈길을 피하는 정민의 손을 붙잡으며 가희는 오늘 점심을 사겠다고 했다. 정민은 묵묵히 따라나섰다. 가희는 한산한 양식집으로 정민을 데리고 갔다. 천장은 노출 콘크리트 형식이었고, 에어컨과 배관이 그대로 드러나 있었다. 가희는 메뉴판을 볼 생각도 않고, 정민의 의사도 묻지 않은 채 일방적으로 스파게티를 시켰다. 음식을 기다리는 시간에 가희의 휴대폰은 자주 울려댔다. 대신 정민의 것은 잠잠했다. 젊은 남자가 주문한 음식을 테이블에 내려놓았다. 흰색 접시 위에 스파게티 소스의 붉은 색이 가희의 매니큐어 색과 닮아 있었다. 가희는 눈웃음을 지으면서 먹자고 했다. 이곳 생리가 도와가면서 윈윈하면 서로에게 이익이 된다고 말했다. 앞으로 실적 올리는 것도 도와주고 보험에 대해 빨리 배울 수 있도록 가르쳐주겠다며 입꼬리를 귀밑까지 끌어올렸다. 얘기를 하면서 몇 번이나 입술을 오므리며 침을 묻혔다. 입가심으로 가희는 평소에 즐겨 마시는 에스프레소를, 정민은 아메리카노를 시켰다. 작은 잔에 담겼지만 존재감이 뚜렷해 보이는 에스프레소의 진한 액체가 낯설어 보였다. 한 번도 먹어보지 못한, 먹을 엄두를 못 낸 커피였다. 불투명 에스프레소의 짙은 갈색은 가희의 속마음처럼 읽기 어려웠다.

친척들이나 지인을 주로 찾아가는 정민에 비해 가희는 행정복지센터, 회사, 일반 사무실, 식당, 노래방 등 안 찾아가는 곳이 없었다. 전문직 여성 이미지의 가희는 미니스커트를 입고 다녔다. 남자들은 나이 불문하고 가희의 매끈하게 쭉 뻗은 다리를 몰래 훔쳐보곤 했다. 여자를 만나면 언니라고 부르며 친근감을 표시했고, 남자를 만나면 오빠 하며 아양 떠는 목소리로 불렀다. 사람들은 신기하게도 그런 가희에게 쉽게 마음을 열었다.

"지금 고객과 미팅 중이에요. 오늘은 멀리 나와서 바로 퇴근해야겠어요."

사무실에 안 들어오느냐는 지점장의 전화에 가희는 거짓말을 했다. 가희는 업무 중에 미용실에 들러서 매직 파마를 하면서도 천연덕스럽게 말했다. 가희의 머리에서 중화제 냄새가 코를 찔렀다. 잘려나간 머리카락이 가희가 앉은 의자 아래에 흩어져 있었다. 가닥가닥 가희의 흔적이 정민을 노려보는 것 같았다. 환한 조명 아래 큰 거울이 정민을 낱낱이 드러나게 했다. 화장기가 옅어진 얼굴에는 기미가 얼비쳤고 잔

주름이 도드라져 보였다. 가희의 밝고 탱탱한 피부와 비교가 됐다. 늦게 시작한 보험 일이다 보니 막냇동생뻘인 서른다섯 살의 가희에게 일을 배워야 했다. 미용실에 들어온 지 벌써 두 시간째다. 가희는 퇴근하고 계 모임이 있다고 했다. 정민은 가희와 한 팀을 이루고 있어서 영업시간에는 늘 붙어 다녔다. 드라이까지 마친 가희가 한결 밝아진 얼굴로 정민을 바라봤다. 촘촘하게 뻗어 내린 긴 생머리가 찰랑거렸다.

"내 머리 어때요?"

"예쁘네요."

정민은 형식적으로 대답했다.

"오늘은 이만 퇴근하세요. 내일 봬요."

미련 없이 돌아서는 가희에게서 파마약 냄새가 스쳤다. 금방 지워지지 않는 냄새가 정민의 주위를 맴돌았다. 정민은 코를 찡긋거리며 겨우 목례를 했다. 이럴 땐 미리 집에 보내주면 좋을 텐데 심심하다고 끝까지 물고 늘어지는 가희가 밉살스러웠다.

집에 들어서자 고요 속에서 어둠이 달려들었다. 남편은 아직 퇴근하지 않았고, 아들은 학교 마치고 학원까지 갔다 오면 자정이 넘었다. 할 게 뭐가 그리 많은지 아들 얼굴을 보기가 어려웠다. 고등학생인 아들은 우리 집에서 제일 바쁘다. 아침부터 밤까지 학교와 학원에서 생활하기에 여행을 비롯

한 여유를 누릴 시간이 없다. 아들은 엄마가 해준 게 뭐가 있느냐며 푸념을 했다. 정보와 재력이 뒷받침돼야 하는 시기에 정민은 더뎠고 통장의 잔액은 바닥을 친 지 오래였다. 실적을 위해 발바닥이 아프도록 팀장을 따라다니고, 가족, 친척, 친구 등 지인 중에서 보험 가입에 소개할 만한 사람을 물색해야 했다. 가까운 사이일수록 거절당하면 자존심이 상한다, 그저 그 사람의 선택일 뿐인데도.

커튼 너머로 앞 동의 불빛이 희미하게 비쳐 들어오고 위층에서 마늘 찧는 소리가 들렸다. 천장에 구멍이 날 것처럼 시끄러웠다. 가끔은 톱으로 나무를 자르는 소리가 들리기도 하고, 뭔가를 만드는지 나무에 못을 박는 소리가 오래도록 들려오기도 했다. 뉴스에서는 층간소음 때문에 살인까지 일어나는 끔찍한 일이 보도됐지만 정민은 한 번도 위층에 따지러 간 적이 없었다. 그렇다고 소음이 신경 쓰이지 않는 건 아니다. 소파에 누워 남편에게 전화를 했다. 전화기에서 여자들의 왁자한 웃음소리가 삐져나왔다. 오늘 야근이니까 먼저 밥 먹어. 언제 오느냐는 말에 남편은 급하게 대답하고 끊어버렸다. 남편은 야근을 하거나 모임이 있는 날이 잦았다. 바쁜 일상에서도 자기관리를 철저히 했다. 총각 때 몸매를 유지할 정도로 운동을 열심히 했다. 정민은 밥 먹을 생각도 들지 않고 누군가를 만나고 싶었다. 지점장에게 문자를 했다. '지점장님! 식사하셨어요? 저는 아직 못 먹었어요.^^' 정민이 보낸 문자에 지점장은 여느 때처럼 답장을 보내오지 않았다. 정민은 불빛이 비치는 휴대폰을 한참 들여다보았다. 지점장을 대신해서 만날 만한 사람을 떠올렸지만 적당한 얼굴이 떠오르지 않았다. 전화기를 들다 말고 한숨을 푹 내쉬곤 탁자 위로 밀어버렸다. 축 늘어진 자세로 팔을 늘어뜨리고 있다가 뭔가 생각난 듯 벌떡 일어났다. 혼자서 자신이 숨 쉬는 소리를 느껴야 하는 집 안의 어둠을 벗어나 사람들이 다니는 거리로 발걸음을 내디뎠다.

간판 불빛이 화려한 길거리를 빠르게 걸었다. 가면을 사야 하는 숙제를 오늘같이 기분이 우울한 날 해치워야 할 것 같았다. 휴대폰을 확인했지만 문자가 온 흔적은 없었다. 지점장은 오늘도 답장을 해주지 않을 모양이다. 처음 입사했을 때 지점장은 조곤조곤하고 다정한 모습으로 정민을 대했다. 여름철 느닷없이 치는 번개처럼 설렘이 느껴졌다. 처음엔 그렇게 사려 깊던 사람이 어느 순간부턴가 실적이 낮은 정민을 홀대하기 시작했다. 정민의 가슴이 미처 식기 전이었다. 지점장은 가희에게는 전화도 걸고, 문자도 자주 했다. 가희는 지점장 앞에서는 갖은 애교를 떨었지만, 따로 있을 때는 귀찮은 내색을 했다. 지점장은 그런 줄도 모르고 가희에게 매달렸다. 머저리 같은 놈.

메모해둔 가면 가게에 도착했다. 간판에는 해골 모양의 가면이 그려져 있었다. 금방이라도 뼈로만 이루어진 사람 형체가 튀어나와 달려들 것 같은 분위기였다. 안으로 들어가니 연인을 비롯해 많은 사람이 가면을 구경하고 있었다. 각양각색의 가면이 벽면에 빼곡히 채워져 있었다. 고양이, 사슴, 말, 독수리, 불도그, 호랑이, 곰 모양의 동물 가면, 여우 반가면, 절규 가면, 드라큘라 가면, 영화 〈마스크〉의 짐 캐리 통가면, 고급 피에로 통가면, 돌아간 머리 가면, 강남 스타일 가면 등 종류만 해도 수백 가지가 넘었다.

관광객으로 보이는 사람들이 가면을 고르면서 경쾌한 억양으로 떠들었다. 종업원들은 판매하느라 정민을 힐끗 쳐다볼 뿐이었다. 정민은 처음 들른 가면 가게인데, 뜻밖에 찾는 사람이 많았다. 가면무도회에 어떤 가면이 좋을지 하나하나 짚어보았다. 지점장의 얼굴에 어울리는 가면을 집어 들었다. 정민만 보면 방방 뛰는 말 가면, 또 하나는 못 잡아먹어 으르렁거리는 불도그 가면이었다. 가희를 떠올리니 독수리 가면, 여우 반가면, 고양이 가면 등 여러 개를 씌워도 부족할 것 같았다. 가희는 사람들을 만날 때마다 얼굴을 바꿨다. 함께 다니다 보니 세세한 부분에서 가희의 가식을 보고 느낄 수밖에 없었다. 여우 반가면이 정민을 노려보고 있다. 정민에게 달려들 것처럼 들썩거린다. 가면이 일제히 일어나 움직인다. 두

둥실 흔들리며 춤을 춘다. 정민을 보고 비웃는다. 일정한 움직임으로, 천천히, 리듬을 타고 가까이 접근해 온다. 몸을 덮치고 얼굴을 덮친다. 정민은 허우적대며 저리 가라 소리친다. 독벌레에 쏘인 사람처럼 가게 밖으로 뛰쳐나갔다.

귀를 찢는 듯한 경적이 울렸다. 움찔, 정민이 물러섰다. 죽으려고 환장했냐? 머리를 올백으로 넘긴 젊은 운전자가 창문을 열고 건물이 쩌렁 울리도록 욕을 했다. 그러고도 분이 안 풀리는지 입술을 달싹였다. 미끄러져 나가는 꽁무니를 보니 브랜드가 생소한 외제 차였다. 유리문 밖에서 들여다본 가게에는 처음처럼 가면이 잘 정돈된 채로 걸려 있다. 정민은 긴 한숨을 내뿜으며 가게 입구에 주저앉았다. 이마에 식은땀이 흘러내렸다. 사람들이 지나가면서 정민을 힐끗거리며 쳐다봤다. 때 이른 더위에 반소매 차림을 한 행인이 더러 보였다.

정민은 가면을 사려던 계획을 포기하고 터벅터벅 발걸음을 돌렸다. 튀김 냄새가 코를 자극했다. 문득 허기가 밀려왔다. 아무나 붙들고 같이 밥 먹자고 하고 싶었다. 주린 배에 손을 얹었다. 오가는 사람 중 한 명이 팔을 스치며 지나갔다. 방금 지나간 사람을 돌아보았다. 얼굴이 가무잡잡하고 다리가 짧은 외국 남자였다. 알아들을 수 없는 말로 전화를 하고 있었다. 제발 알아듣는 말을 해. 너 때문에 외롭잖아.

가희의 차를 타고 외딴 노인 복지관으로 가는 길이었다. 햇살이 쨍쨍한데 갑자기 빗방울이 차 유리에 떨어져 내렸다. 그것도 굵은 빗방울이었다. 비가 내렸지만 햇살 때문에 눈이 부셨다. 가희는 혀를 차며 와이퍼를 작동시켰다. 와이퍼의 움직임 따라 시야가 흐렸다가 맑았다가를 반복했다. 편의점 앞에 차를 대고는 정민에게 사탕과 커피믹스를 사 오라고 했다. 정민은 우산을 가져오지 않아서 그냥 내려야 했다. 빠르게 뛰었지만 빗방울이 굵어 정민의 보라색 블라우스에 얼룩처럼 빗물이 번졌다. 여러 마리의 밤나방이 붙어 있는 것 같았다. 사탕과 커피의 가격을 계산하고 밖으로 나오니 그새 빗방울은 가늘어지고 햇볕이 길거리에 내려앉아 있었다. 아스팔트 포장 위에는 빗물이 고여 있고 세상은 눈부신 태양 아래 시침을 떼듯 고요했다.

차창 밖 도로변에는 애기똥풀 꽃이 피어 있었다. 누가 이름을 지었는지 아기 똥처럼 작고 노란 꽃이었다. 비에 젖은 꽃잎이 처연했다. 네 개의 앙증맞은 꽃잎이 자신을 드러내지 않으면서도 무더기 속에서 자연스러웠다. 저기 꽃 좀 봐요. 정민의 말에 가희는 밖을 힐끗 쳐다볼 뿐 별 반응이 없었다.

노인 복지관에 도착한 두 사람은 보험 관련 서류와 마트에서 산 물건을 나눠서 들고 안으로 들어갔다. 가희는 큰 소리로 인사하고 자기를 소개했다. 할아버지 할머니들이 호기심 어린 얼굴로 가희를 쳐다봤다. 가희는 사탕을 종이접시에 담고 커피믹스를 타서 돌렸다. 정민은 옆에서 보조를 했다. 할머니들은 멀찍이서 구경하면서 사탕을 먹는데 할아버지들은 가까이 와서 관심을 보였다. 가희는 오빠, 오빠 하며 아양을 떠는 목소리로 보험에 대해 홍보를 했다. 실비 보험이라 마지막에 거의 타는 게 없는 상품인데도 장점만을 부각하며 과장된 장밋빛 청사진을 제시했다. 자식에게 눈치 안 받으려면 보험은 들어놔야 한다, 돈 같은 거 남겨주는 것보다 보험 드는 게 낫다며 선홍색 입술에 침을 묻힌 채 웃음을 머금었다. 호기심을 보이던 할아버지 한 명이 가입하자 세 명이 연이어 보험에 가입했다.

"오빠들 멋쟁이세요! 자주 올게요."

가희는 가입자 한 사람 한 사람의 손을 잡으며 쓰다듬었다.

"언제 같이 밥이나 한번 먹읍시다."

솔로인 할아버지가 가희에게 농담을 던졌다. 그 소리에 할머니들은 입을 비쭉거리며 들릴 듯 말 듯 속삭였다.

"젊은 것이 여시네. 그것도 불여시."

"나이 많은 넌은 곰이고."

수군대는 소리에 정민은 얼굴이 붉어졌다. 둘 다 듣기 좋은 말은 아니었다. 할머니들은 옆구리를 쿡쿡 찌르며 서로를 제지하느라 바빴다. 가희는 능수능란하게 사람을 속이고도 아무렇지도 않은 표정을 지었다. 오히려 자신감이 넘치는 모습이었다. 같이 영업을 나가도 정민의 지인이 아닌 경우에는 전부 가희의 실적으로 올라갔다. 가희는 서로 돕자고 말만 해놓고 정작 실천은 나 몰라라 했다. 정민에게는 늘 도움을 줘서 고맙다고 인사하면서 지점장 앞에서는 같이 다니는데 도움이 전혀 안 된다고 짜는 소리를 했다. 가희의 처신으로 지점장은 정민을 무능한 사람으로 낙인찍은 듯 한심한 눈으로 쳐다봤다. 정민은 그럴 때도 타이밍을 놓쳐 번번이 자기 할 말을 못 하곤 했다.

누가 보험왕이 될지 관심이 쏠리고 있는 그때도 그랬다. 가희는 전국에서 실적이 가장 높게 나와 보험왕으로 뽑혔고 정민은 지점에서도 꼴찌였다. 지점장은 입에 거품을 물고 가희를 칭찬하고 정민에게는 더 분발하라며 공개적으로 창피를 줬다. 그때 가희는 지점장에게 아직 초보라 서툴러서 그렇다며 변명을 해줬다. 정작 자신이 가져간 보험에 대해서는 아무 말도 하지 않았다. 가희 때문에 보험 실적이 저조한 것도, 지점장이 매의 눈을 하고 쳐다보는 것도 견디기 힘들었다. 지점장과 가희 사이에서 엉킨 실타래처럼 심경이 복잡해졌다. 정민은 자기표현을 확실히 못 하는 것 때문에 삶이 조금씩 어긋나고 있다고 생각했다.

퇴근 후 정민은 기어이 용기를 내어 가면 가게에 갔다. 가면무도회 날짜가 임박해오고 있었고, 자신을 완전히 가려줄 가면이 필요했다. 지점장은 무시무시한 가면을 골라놨다며 미팅을 나가려는 팀장에게 자랑했다. 정민은 애초에 사려고 했던 토끼 가면을 제치고 망설인 끝에 한쪽 구석에 진열된 절규 가면 앞에 섰다. 왠지 지금 자신의 심정과 잘 어울리는 것 같았다. 그 앞을 여러 번 서성거리다 결국 집어 들었다. 남편과 아이는 잠자는 방을 구한 것처럼 밤늦게 돌아와선 아침이면 집을 나섰다. 회사에서는 영업실적에 쫓기고, 집에서는 가사를 하느라 혼자서 동동거려야 했다. 가족은 일과 공부 때문에 흩어지고 정민은 혼자였다. 지점장은 정민의 문자에 업무에 필요한 내용이 아니면 답장을 하지 않았다. 정민은 절규 가면이 마음에 들었다. 사람들이 자신을 가장 뽐내고자 하는 자리에서 여지없이 일그러지고 싶었다.

며칠 전, 일주일 동안의 실적을 보고하려고 지점장실에 갔다. 문이 조금 열려 있었다. 들어가려는데 지점장의 목소리가 들려왔다. 저녁에 우리 만나요. 지점장은 눈을 반짝이며 가희에게 말했다. 지점장의 손이 가희의 등허리에 가 있었다. 그보다 부탁이 있어요. 본사 사장님도 오시는데 축하 파티로 가면무도회를 열면 어때요? 지점장은 웃으며 고개를 끄덕였다. 가희 앞에서 지점장은 꼼짝을 못 했다. 정민은 지점장이 가희에게만 관심을 두는 게 불만이었다. 속속들이 알면 지점장이 달라질 거라 여겼다. 회사를 떠나고 싶지만 생존을 위해 떠날 수도 없고, 묻어가고 싶지만 쉽게 용납되지 않는 가희에 대해 어떤 형태로든 대항하고 싶었다.

절규 가면을 들고 거울을 봤다. 볼을 홀쭉하게 하고 입을 벌려보았다. 거울 속 정민의 표정도 절규하는 것처럼 일그러뜨려졌다. 여러 번 반복한 끝에 얼추 비슷한 표정이 만들어졌다. 가면과 민낯의 일치에 정민은 묘한 쾌감을 느꼈다. 정민은 그제야 가면을 썼다. 가면을 쓴 채 카드로 결제하고 바깥으로 나왔다.

식당을 나오던 젊은 연인이 정민을 보고 손가락질을 하며 웃었다. 정민은 가면을 쓰고 있다는 걸 순간적으로 인식하고 가면에다 손을 갖다 댔다. 사람들이 흘끔거리며 쳐다보는데도 그걸 쓰고 그대로 걸었다. 희부연 안개가 낀 밤이었다. 한 걸음 한 걸음 나아갈 때마다 안개가 정민을 감싸 안았다. 가면에 가려지고 안개로 흐릿해진 모습으로 길거리를 걸었다. 오후에 내린 여우비로 도시는 온통 안개에 잠겨 있었다. 꽉 죄는 구두 때문인지 발뒤꿈치에 통증이 일었다. 걷고 또 걸었다. 가로등 밑에는 뽀얀 안개의 느린 움직임이 선명하게 보였다. 도로 옆 궁거랑에서 물안개가 피어올랐다. 둑에는 축축하게 젖은 잡초가 일제히 한쪽으로 고개를 숙이고 있었다. 그 가운데 우뚝 솟은 풀이 보였다. 가지런한 잡초에 동화되지 못하고 서 있는 풀포기 하나. 안개는 그 모습을 완전히 가려주진 못 했다. 거무스레한 물빛 위로 안개가 자욱했다. 음침한 일이 펼쳐질 것 같은 귀기 서린 분위기였다. 가면과 안개와 정민. 밤안개는 세상을 더욱 짙은 어둠으로 덮어주었다. 안갯속에 정민은 오래도록 서 있었다. 몸에 차가운 기운이 스며들어 서늘하다고 느낄 때쯤 다시 걷기 시작했다. 숨을 헉헉거리며 안개를 뚫고 먼 거리를 걸어서 집까지 왔다. 어느새 이마와 앙가슴엔 땀이 흘러내렸다. 사람들이 쳐다봤지만 개의치 않았다. 아무도 가면 안의 얼굴을 알아보지 못했다. 온몸으로 절규하는 가면이 정민을 대신해주어 표정을 지을 필요가 없었다.

식탁 위에 가면을 얹어두고 한참을 응시했다. 일그러진 눈, 코, 입에서 금방이라도 비명이 튀어나올 것 같은 불길함이 덮쳤다. 그 많은 가면 중에 하필 얼굴 모양이 비뚤어진 가면에 꽂혔는지 알 수 없었다. 벽의 고리에 가면을 걸어두니 금방이라도 살아 움직일 듯했다. 우우웅 괴성 섞인 울음이 들려왔다.

팀장은 실적 올리는 것도 도와주고 보험에 대해 빨리 배우도록 가르쳐준다고 해놓고는 전과 조금도 달라지지 않았다. 친하게 말 붙이는 동료에게 사정을 알아보니 그녀도 전에 속은 적 있다며 씩씩거렸다. 팀장과 영업을 나갈 마음이 생기지 않았다. 정민은 탁자 위에 놓인 해피트리 이파리를 뜯어 조각냈다. 지점장실에 간 가희가 사무실로 돌아왔다. 정민은 잘게 조각난 잎을 손톱으로 더 잘게 쪼개고 있었다. 쪼개고, 쪼개고, 또 쪼갰다. 가희는 테이블을 지키고 앉은 사람들을 빙 둘러보았다.

"고객 만나러들 갑시다."

정민은 가루가 된 해피트리 조각을 테이블 위에 흩어버렸다. 그리곤 꼼짝을 하지 않고 앉아 있었다. 사람들은 정민을 흘끔거리며 쳐다봤고, 가희는 그런 정민을 향해 입을 삐죽였다.

"미팅 시간 다 됐어요. 안 갈 거예요?"

권위가 서려 있어 중압감을 주는 목소리였다. 입을 꽉 다물고 시위하던 정민은 그제야 가방을 들고 일어섰다. 얼굴이 퉁퉁 부은 채였다. 엘리베이터를 기다리는 동안 가희에게 따져 물었다.

"저와 약속하지 않았나요?"

"참! 그만 깜박했네요."

"내 실적 어떡해요?"

"저만 믿으세요."

가희는 거짓말을 하고도 미안한 기색도 없고, 말로 위기만 모면하면 그만이었다. 열 살 아래지만 팀장이라 말을 함부로 하지 못했다. 거짓말은 가희에게 유리하게 작용하도록 만들어져서는 공기 중에 흩어지는 연기처럼 사라지기도 했다. 어떨 땐 자신이 한 거짓말을 잊어버려 어느 것이 사실인지 헷갈려 말이 얽히곤 했다. 그런데도 가희는 아무런 제재도 받지 않고 보험실적이 날로 올라갔다. 정민은 가희와 말을 섞고 싶지 않아 진종일 꿀 먹은 벙어리처럼 입을 닫았다. 입에서 군둥내 같은 안 좋은 냄새가 났다. 가희는 간혹 정민의 그런 모습을 곁눈질했으나 별로 개의하지는 않았다. 평소처럼 호쾌하게 웃으며 언니, 오빠를 열심히 불러댔다. 고객 사은품 들고 와라, 보험 상품 홍보물 가져와라, 음료수 사 와라 등 가희의 심부름을 하느라 발바닥이 화끈거렸고, 몸에서는 땀내가 났다. 일찍 찾아온 더위로 햇볕이 따가웠다.

단골고객이자 고액 보험에 가입한 노신사의 차를 타고 가는 것을 보고는 몸과 맘이 기진맥진해졌다. 가희는 투자 개념으로 만난 사람들과는 좀 더 은밀하고 친밀한 관계를 맺었다. 이런 날은 가희가 고객과 저녁을 함께 먹기 때문에 기다릴 필요가 없었다. 정민은 혼자서 사무실로 돌아왔다. 친척 언니에게 사정해서 따낸 한 건의 보험뿐이었지만 하루의 실적을 마감했다. 마감 화면 앞에 앉은 정민은 한숨을 내쉬었다. 계약 건이 늘어야 할 텐데 오히려 줄어들고 있었다. 실적도 부진하고 서로 돕자면서도 말뿐인 가희 때문에 우울해졌다.

축하연이 회사 인근의 무도회장에서 열렸다. 음악이 흐르고 사회자의 소개로 본사 사장과 이사가 인사말을 했다. 이어서 가희가 인사를 했다. 사람들이 휘파람을 불며 박수갈채를 보냈다. 허리에 폭이 넓은 벨트를 두른 가희는 심플하면서도 당당한 느낌을 주는 카키색 원피스를 입고 까치발구두를 신고 있었다. 사람들은 자리에 앉아 송가희를 반복하여 환호했다. 모두 가면을 쓴 채였다. 우스꽝스럽고 재미있는 가면을 쓴 사람을 보면 저절로 웃음이 나왔다. 경쾌한 음악이 흐르기 시작했다. 눈만 가린 가면, 얼굴 반을 가린 가면, 얼굴 전체를 가린 가면 등 각양각색의 가면을 쓴 사람들이 음악에 맞춰 몸을 흔들어댔다. 가희는 사람들과 몸을 부대끼며 자유롭게 춤을 추었다. 정민도 따라 몸을 흔들었다. 절규하는 가면을 쓰고 몸을 흔드는 모습은 어떨지 궁금했다. 좀 코믹한 가면을 쓰고 나올 걸 하는 마음도 있었지만, 가희에게 마음을 표현하기에 제일 적합한 가면인 것 같아 위안이 됐다. 짐 캐리 통가면을 쓴 사람이 경쾌한 몸동작을 자랑했다.

정민은 반짝이는 무대 의상에다가 바지, 남자 구두, 장갑까지 끼고 있어 사람들이 알아보지 못했다. 정민은 음악에 맞춰 열정적으로 몸을 흔들었다. 가희도 미친 듯이 춤을 췄다. 가희가 정민의 가까이에 다가왔다. 누군지 몰라보는 눈치였다. 어쩌면 정민을 가희와 찰떡궁합인 지점장이라고 생각하는지도 몰랐다. 얼굴을 가린 정민은 그동안 쌓인 스트레스를 날려 보내려고 작정한 사람처럼 격렬하게 춤을 추었다. 가희는 그런 정민을 남자로 착각하는 듯했다. 눈웃음을 지으며 현란한 몸짓으로 몸을 떨었다. 여우 반가면은 얼굴이 절반쯤 드러나기 때문에 가희라는 게 그대로 노출됐다. 그동안 춤 연습을 해둔 게 다행이라고 생각하며 정민은 음악에 몸을 맡겼다. 가희가 몸을 밀착해 들어왔다. 정민은 가희의 허리를 슬쩍 건드리고는 뒤돌아섰다. 드레스를 멋지게 차려입고 사슴 가면을 쓴 여성 쪽으로 몸을 돌렸다. 순간 가희의 눈빛이 미세하게 흔들렸다.

잠깐 쉬기 위해 정민은 테이블에 앉아 맥주를 마셨다. 드라큘라 가면을 쓰고 누군가가 테이블 쪽으로 걸어왔다. 땅딸막한 키에 검은 망토를 걸치고 있었다. 얼굴 전체를 가려 그가 누군지 짐작하기 어려웠으나 가까이 다가왔을 때 누군지 알 수 있었다. 턱 밑에 그리 크지 않은 까만 점이 보였다. 앉아 있었기에 점이 쉽게 눈에 띄었다. 정민은 그가 지점장이라는 사실을 알아채고는 입꼬리를 올려 웃었다. 그는 그렇게 집착하던 호두는 가지고 있지 않았다. 정민은 장갑 낀 손으로 가까이 오는 지점장의 팔을 잡고 반가움을 표시했다. 지점장에게 맥주를 따라주었다. 지점장은 완전히 가려진 정민의 가면을 뚫어지게 쳐다보았다. 누군지 몰라보는 눈치였다. 그런 상태를 즐기고 싶은 마음이 있었지만 더 미룰 수 없다고 생각했다.

"지점장님, 드릴 말씀이……."

"아, 김정민 씨였어요? 난 또 춤 라이벌이 누군가 긴장했네요."

"팀장님 실적 중엔 제가 올린 건수가 많이 포함돼 있어요."

"질투하는 거요? 다 된 밥에 코 빠트리지 않도록 조심하시오."

"그래도 사실을……."

지점장은 듣기 싫다는 듯 맥주를 한 번에 들이켰다. 팔을 붙잡는 정민의 손을 뿌리치고 자리에서 일어났다. 지점장은 무대 쪽으로 멀어져 갔다. 등을 보이고 걸어가는 지점장의 뒷모습을 보며 정민은 높은 벽을 떠올렸다. 숨이 막히는 것 같았다. 이제까지 말을 못 해서 그렇지 말을 하면 해결될 일이라 여겼다. 진실은 그리 중요하지 않았다. 실적으로 말을 해야 하는 현실 앞에 정민은 눈앞이 캄캄해졌다.

가희가 이쪽을 보더니 테이블 쪽으로 다가왔다. 정민은 숨을 가다듬었다.

"내게 왜 그래? 오늘 밤 모텔 약속 취소할 거야."

"……."

"마누라 치마폭으로 돌아가고 싶은 거야? 나한테까지 지점장 행세하려 들지 마."

"팀장님, 저예요."

"아니, 정민 씨?"

"오늘에야 팀장님의 비밀을 알게 됐네요. 지점장님과의 관계도 그렇고 제 실적 가져간 것도 그렇고……."

"정민 씨, 오해하지 말아요. 우리 그런 사이 아니에요."

"또 거짓말!"

"미안해요. 이번 일 잘되면 정민 씨를 정말 키워보고 싶었어요." 가희는 울 듯한 표정으로 정민의 손을 잡았다. "제가 친언니처럼 좋아하는 거 아시잖아요."

가희는 쩔쩔매고 있었다. 그동안 자신만만하던 모습은 오간 데 없고 기가 죽어 있었다. 가희는 눈물을 글썽이기까지 했다. 평소답지 않은 모습이었다. 공개적으로 망신을 주려던 정민은 진심인 듯한 가희의 모습에 머뭇거렸다. 진심인지 아닌지 헷갈리게 하는 가희의 행동에 혼란스러웠다. 마음을 열려면 예상치 못한 행동을 해서 번번이 당혹스럽게 만드는 가희였다. 웃음 뒤에 비수를 감추고 정민에게 생채기를 내는 그녀를 세상에 낱낱이 드러나게 하고 싶은 마음이 있었지만, 행동으로 나아가지 못하고 그 자리에 서 있었다. 그 사이 드라큘라 가면이 안 놀고 뭐 하냐며 다가왔다. 여우 반가면을 쓴 가희의 얼굴에 안도의 빛이 스쳐 지나갔다. 믿고 있을게요. 가희는 정민의 옆구리를 감싸며 다정하게 말했다. 드라큘라 가면은 가희의 엉덩이를 휘감으며 무대 쪽으로 멀어져 갔다.

가희는 여우 반가면을 쓰고 다시 몸을 흔들기 시작했다. 평소에 팔색조처럼 변하던 가희는 한 가지 얼굴로 무도회장을 누볐다. 본사 사장은 지점장이 준 강남 스타일 가면을 쓰고 춤추고 있었다. 가희는 본사 사장의 존재를 알아채고 그 주변에서 비위를 맞췄다. 본사 사장도 튀어나온 배를 흔들며 춤을 췄다. 열광의 도가니 속에 숨겨진 욕망이 음악을 타고 흘렀다. 사람들은 결과적으로 드러난 실적과 눈에 보이는 화려한 겉모습에 빠져들었다. 알맹이나 과정 따윈 궁금해 하지 않는 것 같았다. 사람들이 쓴 가면이 음악과 함께 출렁거렸다. 가면이 흔들리고 정민의 몸이 흔들렸다. 돌아간 머리 가면을 쓴 사람을 쳐다봐서 그런지 세상이 거꾸로 선 듯 어지러웠다. 화려한 조명 속에 빛을 발하는 사람은 여우 반가면을 쓰고 있는 가희였다. 좀 전의 불안하고 초조한 모습은 어디론가 사라지고 다시 에너지를 뿜어냈다. 주인공이 빛날수록 정민은 초라하고 작아지는 것 같았다. 지인의 보험을 여러 번 빼앗아간 그녀는 화려한 무대의 주인공으로 환대받았다. 황금빛 여우 반가면 속에 가희가 있었다. 금빛 찬란한 승

리의 웃음을 띤 채였다. 지점장은 주변을 맴돌며 가희의 몸에 손을 댔다. 가희가 지점장의 어깨에 손을 얹은 채 몸을 흔들었다. 지점장의 넓데데한 가슴 위에 가희의 작은 몸이 얹혀 있다. 알토란 같은 엉덩이 아래로 뒤엉킨 네 개의 다리. 그 자리는 뺏은 거야. 네 자리가 아니야. 가면이 정민을 향해 달려든다. 이 행사 외에도 그녀를 제주도에 보내준다는 말을 지점장에게 들었다.

정민은 마음이 다급해졌다. 잠깐만요. 소리를 지르며 무대로 뛰어나갔다. 마이크를 들고 음악을 잠시 꺼달라고 했다. 무도회장은 일시에 조용해지고 사람들의 시선은 절규 가면을 쓴 정민에게 집중됐다.

"보험왕은 무효예요. 제 실적을 뺏어갔어요."

웅성거리는 소리와 함께 설계사 한 명이 손을 번쩍 들고 소리를 질렀다.

"저요, 저도 당했어요."

여기저기서 저도요, 하는 소리가 울렸다. 본사 사장은 강남 스타일 가면을 벗고 믿기지 않는다는 듯이 입을 벌렸다. 표정은 싸늘하게 굳어 있었다. 가희는 사람들 사이를 뚫고 화장실 쪽으로 난 어둡고 좁은 공간으로 부리나케 달려갔다. 그 뒤를 지점장이 그림자처럼 따라갔다. 정민은 사람들 사이를 뚫고 입구 쪽으로 걸어갔다. 가면을 벗어 머리 뒤쪽으로 넘겼다. 은빛 조명 아래 땀방울이 사방으로 튀었고, 얼굴에는 땀이 뒤범벅되어 번들거렸다. 땀을 훔치는 정민의 뒤로 절규 가면이 거꾸로 매달려 있었다. 사람들은 정민에게서 시선을 떼지 못했다.

실금 하나

비밀번호를 누르는 소리가 고요한 건물 안에 울려 퍼졌다. 불길한 징조처럼 그 소리는 건물 벽을 타고 내려갔다. 나는 얼른 현관문을 열고 집 안으로 들어왔다. 밝은 거실에서 먼저 눈에 띈 건 하은이였다. 소파 밑에 아무렇게나 웅크린 하은이는 마치 커다란 애벌레가 몸을 말고 있는 모습이었다. 거기서 잠들었을 리는 없고 소파에서 자다가 떨어진 듯했다. 소파에는 평소에 하은이가 끼고 다니는 둘리 인형이 놓여 있었다. 하은이의 눈에는 눈곱이 끼었고, 눈가에는 눈물 자국이 부옇게 엉겨 있었다.

하은이를 안았다. 나이에 비해 키도 작고, 몸도 허약하다. 아기 때부터 먹는 데 유난히 소극적이던 하은이는 요즘 한창 크는 시기라 더 야위었다. 아내는 어린 하은이를 두고 어디 간 걸까? 부쩍 외출이 잦아진 아내가 탐탁지 않다. 하은이를 침대에 누이고 나니 한숨이 나왔다. 하은이의 방은 책과 종이로 어질러져 있다. 잘 정돈돼서 군더더기라곤 없던 집 안은 잡동사니와 먼지로 지저분하다.

거실 소파에 앉아 아내에게 전화를 걸었다. 아내는 받지 않았다. 어디에 있는지, 무엇을 하는지……. 전화기를 소파에 던지고 자리에서 일어났다. 밤은 깊어가고 내일 출근할 일을 생각하면 자야 할 시간인데 잠이 올 것 같지 않았다. 거실 구석에 둔 난초는 언제쯤 물을 준 건지 시든 이파리가 두어 개 보이고 잎은 비틀려 있었다. 나는 난초 화분을 들고 화장실로 갔다. 양동이에 물을 받아 난초를 담갔다. 화장실 세면대도 물때가 끼어 누런 얼룩이 보였다.

삼십 대 후반인 아내가 달거리를 안 한다고 한 것은 작년이다. 대수로운 일이 아니라 여겼기에 적극적으로 치료해 보라고 권하지 않았다. 아내가 같이 잠자리를 할 때 통증을 호소했다. 언제부턴가, 아내는 잠자리를 꺼리는 증세를 보였다.

조기 폐경이래요. 그 말을 할 때까지 그게 우리 가정의 분위기를 좌우할 말임을 알지 못했다. 아내는 하은이 동생을 가지고 싶어 했다. 나는 반대했다. 전셋집에서 이사하려면 돈을 모아야 하는데 애를 더 낳으면 그만큼 집 사는 일은 뒤로 밀리게 마련이다. 작은 집이라도 사면 애를 낳자고 했다. 아내는 마지못해 동의했지만 표정은 굳어 있었다. 그렇게 미뤄진, 둘째를 가지려는 계획은 집을 사면서 풀렸지만 아내에게 임신 징후는 없었다. 피임을 오래 한 탓인지, 다른 이유가 있는지 알 수 없었다. 되겠지, 되겠지 하고 기다리는데 조기 폐경 진단을 받은 것이다.

자정을 지나 현관에서 비밀번호 누르는 소리가 들렸다. 아내는 평소보다 느리게 숫자를 눌렀다. 두 번 실패 후 세 번째에야 문이 열렸다. 허청거리고 들어오는 아내에게서 술 냄새가 났다.

아내는 초점 없는 눈으로 맥없이 나를 쳐다보더니 방으로 들어갔다. 옷을 입은 채로 침대에 드러누웠다. 술주정이라도 하면 나도 뭐라고 되받아칠 건데 아내는 전의를 상실한 사람처럼 뒤로 물러섰다. 게다가 한마디도 하지 않았다. 아내의 눈빛이 무서울 정도로 냉담했다. 술기운이 있는데도 조금도 흐트러지지 않았다. 침대에 누운 아내의 핏기 없는 얼굴이 내게 항의를 하는 것 같아 거실로 나왔다.

아침 일찍 일어나 출근 준비를 했지만 아내는 그때까지 기척이 없었다. 하은이는 제시간에 학교에 보낼 거라 여기며 빈속으로 집을 나섰다. 아내는 얼마 전까지만 해도 특별한 이유 없이 밥을 안 챙겨준 적은 없었다. 나도 그건 아내의 의무라 여겼고, 당연시했다. 같은 국이나 찌개를 두 번 식탁에 올리면 숟가락을 대지 않았다. 아내는 나를 위해 매번 새로운 국과 찌개를 끓여냈다. 내가 먹고 남긴 것은 아내의 차지였다. 나는, 아내가 남은 음식을 먹는 것을 개의치 않았다. 아내의 헐렁한 티셔츠와 운동복은 그러려니 여겼고, 옷과 구두를 격식에 맞추어야 한다고 생각하지도 않았다. 몇 번 동창회에 다녀온 아내는 어느 순간부터 가지 않았다. 마땅한 옷이 없어서, 구두가 없어서, 라는 아내의 작은 말은 흘려들었다. 옷이면 되지, 신발이면 되지 그게 뭐가 문제가 되느냐고 나는 오히려 아내의 소심함을 책망했다. 겉치레로 사람이 달라지지 않는다고 아내에게 말했다. 그건 엄마에게 어릴 때부터 내가 들은 말이기도 하다. 지금 살고 있는 열여덟 평에서 벗어나 서른 평 아파트에 들어가려면 그 정도는 감수해야 한다고 생각했다. 그런 내게 서운하다는 말 한마디 않던 아내였다. 매일 청소하고, 밥하고, 빨래하고, 다림질하는 게 수고스럽다는 생각은 해보지 않았다. 그렇게 당연한 일도 완전히 다른 상황에 놓일 수 있다는 게 믿기지 않았다. 아내의 무단외출로 일상이 헝클어지는 느낌이었다. 나는 고요 속에 잠긴 부엌을 쳐다보았다. 여전히 아내는 밥이 떨어지면 밥솥에 쌀을 안쳤지만, 예전처럼 갖가지 반찬을 하진 않았다. 지지고, 볶고, 끓이고 그래서 음식 냄새로 온기가 넘치던 곳. 최근에는 달걀부침을 하거나 만둣국을 끓였다. 하은이가 좋아하는 반찬이다.

하은이를 임신했을 때 아내와 마트에 장을 보러 함께 간 적이 있었다. 과일 매대 앞에서 체리에 눈길을 두는 아내를 봤다. 나는 못 본 척하고 지나갔다. 양에 비해 비싸기만 한 걸 굳이 사 먹을 이유가 없다고 생각했다. 두 배 이상 싼 토마토를 집어 바구니에 집어넣었다. 입덧 때문에 육류나 생선을 못 먹는 아내가 과일로 끼니를 때우던 때였다. 내가 입덧을 해보지 않았기에 그 고충을 잘 알지 못했다. 아내는 말없이 마트를 나왔다. 메스껍다고 해도, 힘들다고 해도 나는 아내에게 특별한 걸 해주지 않았다. 남들 다 가지는 아기를 배고는 유별나게 힘들어하고 엄살을 피운다고 여겼다.

야근하기 위해 짜장면을 시켜놓고 일하는 중에 전화벨이 울렸다. 703호 할머니였다. 안에서 하은이가 울고 있는데 문을 열어주지 않는다고 했다. 아무리 문을 두드려도 울고만 있다며 빨리 오라고 말했다. 내일 국장에게 보고해야 할 자료가 완성되지 않았는데, 이럴 때 흐름을 끊다니, 짜증이 났다. 아내에게 전화를 걸었지만 받지 않았다. 여러 번 전화를 걸다 지친 나는 종료 버튼을 눌렀다. 자료를 USB에 담고 파일을 챙겼다. 일단 하은이 일부터 해결해야 할 것 같았다. 가방을 들고 일어서려는 순간 짜장면 배달원이 왔다. 철가방을 열기 전에 나는 짜장면값을 치르고 그대로 되돌려 보냈다.

주차장은 썰렁했다. 차 문을 닫는 소리가 주차장 안을 크게 울렸다. 시동을 거는 손이 떨렸고 다리가 뻣뻣했다. 모든 게 어긋나는 것 같아 중심을 잡기 어려웠다. 어디부터 잘못됐는지, 아내가 왜 이렇게 가혹하게 대하는지 알 수 없었다. 나는 뒤따라오는 차의 클랙슨 소리를 들어가며 운전을 했다. 운전할 때는 잠시만 딴생각을 해도 위험에 노출되곤 하는데, 아내 생각에 마음이 뺏긴 탓이었다.

차를 댈 곳이 없어 주차장을 돌다가 담 옆에 차를 댔다. 그곳에서 아내가 차를 긁은 적이 있음을 기억해냈다. 회식이 있어 차를 두고 간 그날, 아내는 하은이를 데리러 학원에 갔다 왔다. 피아노 경연대회를 앞둔 시점이라 특별 보충수업이 있었다. 학원에서 차량 운행을 하지 않아 아내가 데리러 갔다. 아내는 차가 따로 없어 운전이 서툴렀다. 아파트 주차장이 차서 길가에 차를 대야 했다. 길가도 댈 만한 곳은 다 차서 담벼락이 있는 곳에 주차를 했다. 뒤쪽에만 경보음이 울리는 센서가 달린 탓에 아내는 벽 쪽으로 차가 붙는 걸 알아채지 못했다. 스스슥, 차가 긁히는 소리에 아내는 후진을 했다. 힘들게 주차를 마친 아내는 휴대폰 손전등을 켜서 살폈다. 범퍼 부분에 조금, 본체 부분에 가느다란 금 하나가 그어져 있었다. 아내는 그곳을 물파스로 열 번 스무 번 반복해서 닦았다. 팬 자국은 가늘었지만 육안으로 보이는 정도였다.

하은이는 차에서 내려 그 일을 지켜보았다. 차를 긁은 내막을 내게 알려준 것도 하은이가 처음부터 끝까지 목격했기에 가능한 일이었다. 그즈음 주식 가격이 절반으로 내려, 나는 신경이 곤두서 있었다. 조금만 더 오르면 넓은 아파트로 옮겨갈 수 있다는 희망에 부푼 시점이었다. 밥 먹다가도 휴대폰을 옆에 두고 코스피의 변동을 살폈다. 신경은 극도로 예민해졌고, 밥맛이 없었다. 아내에게 주식 가격이 내린 얘기를 하니까, 기다려 보는 수밖에요, 한마디 했을 뿐이다. 그렇게 무심할 수 있는 아내가 무엇 때문에 그러는지 이해할 수 없었다.

차를 대고 엘리베이터를 탔다. 함께 타는 사람이 없어 다행이었다. 엘리베이터에서 내리자 할머니가 문 앞에 신문지를 깔고 주저앉아 있는 게 보였다. 할머니는 머플러를 어깨에 두르고 있었다. 나를 본 할머니는 아구구야 하며 일어났다. 평소에도 다리가 아파서 절뚝거리며 다녔다. 안에서 하은이의 울음소리가 들렸다. 가느다랗고 낮은, 지쳐 기어들어가는 목소리였다. 할머니에게 묵례를 하고 댁으로 들어가 보시라고 했다. 할머니는 괜찮다며 기어이 나를 따라 집 안으로 들어왔다. 하은이는 나를 보더니 통곡하듯 울었다. 어린 게 무슨 죈가 싶었다. 아내와 내가 어긋난 것 때문에 하은이까지 상처를 받는 듯했다. 나는 하은이를 안고 달랬다.

"할머니한테 왜 문 안 열어줬어?"

"아무에게도 열어주지 말랬어, 엄마가."

"밥은?"

"엄마가, 짜파게티 끓여줬어."

하은이는 숨넘어가는 듯한 울음을 겨우 추스르며 대답했다.

"어델 나다닌다고 애를 혼자 두는지. 벌써 몇 달째 저러고 있으니 불쌍해서 못 봐주겠네. 애 어미가 돼서 술 먹고 돌아다니고, 그저께는 여자들이 모여서는 어찌나 떠들던지 우리 집까지 웃는 소리가 울리더라니까. 애 교육에 얼마나 안 좋을꼬?"

할머니는 자기 일인 양 목소리를 높였다. 말하는 중간에 힐긋 눈치를 살폈다. 나는 할머니 말에 대꾸하지 않았지만 속에서는 부아가 끓어올랐다. 어제 일 말고는 내가 야근할 때 아내는 일찍 집에 돌아와 하은이를 돌보는 줄 알았다. 아내는 내가 아는 것보다 더 많은 시간을 밖으로 돌고, 심지어는 애 보는 앞에서 흥청거리며 놀았다는 말이다. 아내의 얼굴은 점점 야위어 갔고, 눈가에는 다크서클이 짙어지고, 눈은 먼 곳을 응시했다. 그나마 다행스러운 일이라면 밥솥에 밥은 떨어지지 않았고, 식탁 위에는 한두 가지 반찬을 새로 해서 올려둔다는 점이다. 할머니는 거실과 주방을 빙 둘러보며 혀를 차더니 설레설레 고개를 저었다. 식탁에는 하은이가 짜장 라면을 먹다가 남긴 접시가 그대로 놓였고, 개수대에는 설거지할 그릇들이 쌓여 있었다.

"자네 신세도 참. 나 이만 가네."

나는 하은이를 안은 채 고개를 까딱했다.

"자식 팽개쳐 놓고도 에미라고, 쯧쯧. 어린 것 불쌍해서 어쩌노."

턱 밑에 검고 굵은 사마귀를 매단 할머니는 마지막까지 하은이에게 눈길을 떼지 못했다.

하은이를 재우고 보고서를 작성하려니 집중이 되지 않았다. 국장의 얼굴과 아내의 얼굴이 왔다 갔다 했다. 직장에서, 가정에서 나는 성실하고 부족함이 없다고 자부했다. 지금, 아내의 행동은 성실함에 대한 답이라기엔 가혹하기만 하다. 보고서에 기대 효과를 작성하며, 내 인생에 기대할 만한 일이 있는가를 생각했다. 아내는 선 밖을 넘나들고 나는 아무런 대책이 없었다. 나에 대해 아내의 기대치가 없으니 뭘 해야 할지 모르겠다. 기대 효과, 기대 효과……. 내가 기대할 것이 없는데 그 효과는 무슨 의미가 있는가. 기대 효과에서 보고서의 진도가 나가지 못했다.

자정이 넘은 시간, 보고서 내용을 억지로 짜내 작성하고 나니 아내가 들어왔다. 어제보다 더 취했는지 몸이 비틀거리는 정도가 심했다.

"제정신이야, 지금이 도대체 몇 시야?"

아내는 나를 멍하게 쳐다봤다.

"애를 혼자 두고 이래도 돼? 옆집 할머니 말로는 며칠 전엔 여자들이 집에서 떠들고 난리 쳤다면서, 동네 창피하게."

"하은이 상 탔다고 한턱 쓰라는데 어떡해? 당신한테 말해 봐야 눈도 깜짝 안 할 거고 그래서 집에서 때웠는데 뭐 잘못 됐어?"

아내 말을 듣고 보니 할 말이 없었다. 가족끼리 외식도 하지 않는데 한턱 쓰라고 생활비를 더 주진 않았을 거다.

"우리 이혼해."

예전에 화났을 때 내가 했던 말을 아내가 내뱉었다. 그 말을 하곤 비틀대며 화장실로 들어갔다. 적반하장도 유분수지 집안일도 팽개치고 돌아다닌 주제에 너무나 당당해서 나는 할 말을 잃었다. 아내는 꽥꽥거리며 음식물을 토해냈다. 변기에 토사물을 내리지 않고 입도 헹구지 않고 밖으로 나왔다.

"양치 안 해?"

아내는 들은 척도 하지 않았다. 나는 화장실에 들어가 변기 물을 내렸다. 담가둔 난초는 아직 잎이 살아나지 않았고, 이파리에는 토사물이 묻어 있었다. 샤워기를 틀어 난초 위에 뿌리고 양동이에 물을 새로 받아 난초를 담갔다. 그래도 퀴퀴한 냄새는 남아 있었다.

밤새 나는 잠을 이루지 못했다. 다른 사람의 말을 주로 따라가는 아내는 자기주장을 안 하는 편이었다. 그런 아내가 너무나 분명하게 말을 했다. 만약 이혼을 한다면……. 여태 다퉈도 진짜 헤어진다는 생각은 해보지 않았다. 아무리 생각해도 헤어질 수는 없었다. 친가와 처가 식구들의 얼굴이 떠올랐다.

장모 생신날, 아내는 내가 선물을 하나 준비하기를 바랐다. 하다못해 담배라도 사 가자고 했다. 아내가 초등학교에 다닐 때부터 장모는 담배를 피우기 시작했다고 한다. 나는 아내의 말을 무시하고 계속 운전했다. 24시 마트를 두어 군데 지나쳤지만 차를 세우지 않았다. 스산한 바람이 차창을 스치고 차 안에는 침묵이 흘렀다.

생신상이 차려지고 다른 자식들은 저마다 선물과 용돈을 장모에게 전했다. 처제는 유명 브랜드의 원피스를 사 와서 자랑했고, 처남댁은 흰 봉투를 건네며 큰 목소리로 용돈 액수를 과시했다. 아내는 눈을 내리깐 채 주변을 둘러보지 않았다. 사람들은 아내와 나를 번갈아 쳐다보며 뭔가 내놓지 않을까 기대하다가 점차 실망하는 표정으로 바뀌었다. 화장실에서 나오다가 부엌에서 수군대는 소리를 들었다. 천 서방은 빈손으로 왔네. 직장이 좋으면 뭐해, 저렇게 짠돌이 짓을 하는데. 그 말을 듣는 순간 얼굴이 달아올랐지만 마음을 진정시키려고 애썼다. 욕이 배 따고 들어오나 뭐. 내가 창피를 당할 때마다 변명거리로 삼던 말을 떠올렸더니 효과가 있었다.

집으로 돌아오는 차 안에서 아내는 침묵했다. 나는 모른 척, 달랠 생각을 하지 않았다. 작은 일에 매달리면 아무것도 안 되는 법이니까.

국장은 보고서의 내용에 대해 긍정적으로 평가했다. 새로운 아이디어 기획안에 대해서는 칭찬을 아끼지 않았다. 정신이 멍해서 말이 귀에 들어오지 않았다. 이제 국장의 검토가 얼마 남지 않았다. 한 번에 결재를 받을 수 있으면 더할 나위 없이 좋을 것이다. 국장이 기대 효과인 마지막 장을 읽을 때 고개를 갸웃거렸다. 크게 중요한 부분이 아닌데도 마무리라 그런지 표정이 떨떠름했다.

"여기 말이야, 전체 기획안과 어울리게 해봐."

국장은 들고 있는 펜을 보고서 위에 빙빙 돌리며 말했다. 일찍부터 사인을 할 것처럼 들고 있던 펜을 놓고, 국장은 보고서를 내밀었다. 이 모든 게 아내 때문인 거 같아 울화가 치밀었다. 보고서를 작성하고 집에 들어갔으면 좋았을 텐데 하은이 일로 집중력이 떨어진 탓이었다. 머리는 무거운데 보고

서 내용을 수정하라니 속이 상했다. 아내는 명령식의 내 말투가 싫다고 했다.

작년에 아내가 조기 폐경 진단을 받기 전 얼굴이 붉어지고 가슴이 두근거린다고 했다. 외롭다고 투덜대던 아내는 사람 만나기가 두렵다며 외출이 줄어들었다. 그런 아내에게 집에서 하는 일 없이 편해서 그렇지 나처럼 일에 쫓기면 쓸데없는 생각은 하지 않을 거라고 핀잔을 줬다. 먼지가 없도록 닦아, 반찬 좀 싱겁게 해, 가계부 적은 거 가져와……. 내가 잔소리를 할 때면 아내는 명령형밖에 쓸 줄 모르냐며 구시렁거렸다.

아내가 조기 폐경 진단을 받고 얼마쯤 지나 별거하자는 제안을 했다. 나는 말이 안 되는 소리라고 펄쩍 뛰었다. 별거라니, 그건 헤어지는 전초전과 같다고 평소에 생각해오던 터였다. 그때만 해도 아내는 가정에 충실한 편이었다. 가끔 비 오는 창밖을 무심히 쳐다보며 삶의 낙을 잃은 사람 같은 표정을 짓는 것 외엔 그다지 달라 보이는 건 없었다. 몇 개월의 칩거 후에 아내는 밖으로 돌기 시작했다. 삶의 회의를 집 아닌 바깥에서 풀려는 사람처럼 술을 마시고, 담배를 피우기 시작했다. 집 안에서 고요하던 아내가, 밖으로 나서기조차 꺼리던 아내가 바깥바람을 몰고 다녔다. 그 바람은 하은이에게 부딪히고, 나를 치며 지나갔다.

세 시간 만에 보고서 수정을 끝내고 다시 결재를 받으러 갔다. 국장은 고개를 끄덕이며 생각한 것보다 쉽게 사인을 했다. 혹시나 싶어 여러 번 검토하고 보완을 해서인지 별다른 토를 달지 않았다.

가깝게 지내는 동료 직원인 한 팀장에게 퇴근 후 한잔하자고 했다. 그와 수제 맥주를 나누면서 아내 얘기를 했다. 맥주를 몇 잔 들이켰더니 우울한 기분이 조금 가셨다. 문득 행복해지고 싶었다. 아내와 함께라면, 그럴 수 있다면 희망이 있을 것 같았다. 아내와 헤어지지 않으려면 어떻게 해야 하는지 방법을 물었더니, 가족 여행도 좀 다니고 아내를 위해 할 수 있는 일을 찾아서 해보라고 했다. 순간 아내와 여행을 간 적이 없었음을 떠올렸다. 함께 여행을 간 적이 없다는 내 말에 한 팀장은 너무 심하다고 했다. 다른 사람이 살아가는 방식과 많이 달랐던 건 내가 큰 평수의 집을 사는 데 목표를 두었기에 소소하게 돈이 들어가는 일을 생략해서였다.

술기운도 오르고 긴장도 풀어진 상태로 집에 들어왔다. 한 팀장의 말대로 지금이라도 노력하면 아내의 마음을 돌릴 수 있을 것 같아 마음이 조급해졌다. 집에 들어서자마자 아내에게 주말에 어디 1박 2일로 놀러 갈 데가 없는지 물었다. 아내는 새삼스럽게 무슨 여행, 하며 시큰둥하게 반응했다.

"내 말 좀 들어주면 어디가 덧나? 도대체 왜 그래?"

"여행이 뭐 하는 물건인지 잊은 지 오래야."

"그러면서 싸돌아다니는 건 잘하더라, 미친!"

그만 아내에게 화를 내고 말았다. 아내는 요즘 내게 냉담한 상태인데 내가 화를 내면 대화는 이어지지 않는다. 마음과 다르게 현실은 어긋나기만 했다. 정말 아내를 달랠 방법이 없는 건지 답답함이 몰려왔다.

당직하느라 밤을 지새운 나는 집으로 차를 몰았다. 당직을 서는 날 밤이면 전화를 두어 번 걸어와 밥은 먹었는지, 불편한 건 없는지를 물어오곤 했는데 아내는 요즘 전화를 하지 않았다. 어젯밤엔 내가 전화를 걸어봤지만 아내는 무덤덤하게 받았다. 필요 없는 일을 한 것 같은 허허로움이 밀려왔다. 아내가 전화를 걸어왔을 때 '왜, 지금 바빠, 나중에'라는 짧은 말을 주로 했다는 사실이 떠올랐다.

가속기를 밟는 발에 힘이 들어갔다. 아내가 외출하기 전에 집으로 가야 할 것 같았다. 오늘은 기필코 아내의 속엣말을 들어봐야겠다. 불만이 무엇인지, 왜 이혼하려는지.

이대로 헤어진다면…….

내 인생에 이혼이라는 오점을 남기고 싶지 않다. 원칙을 중시하는 삶을 살아왔는데 가정에서 내 삶의 오점을 남긴다는 건 있을 수 없는 일이다.

아내는 어디로 가려는지 아파트 입구를 막 벗어나고 있었다. 짙어진 눈매, 짙붉은 입술이 퀭한 아내의 얼굴을 어울리지 않게 뒤덮고 있었다. 주위에는 아무런 관심이 없는 표정으로 고개를 숙이고 걸었다. 아내는 버스 정류장에서 서성댔다. 오늘은 아내를 따라가 볼 심산이다, 도대체 어디를 그렇게 다니는지. 아내가 버스에 올랐다. 나는 천천히 버스를 따라갔다. 버스는 시내를 벗어나 외곽으로 빠져나갔다.

이십 분쯤 달렸을까, 아내가 버스에서 내렸다. 한적한 시골에 무슨 일이지? 나는 아내가 사람들의 눈을 피해 남자를 만나러 온 게 아닌지 의심이 들었다. 요즘 주부들도 종종 그런 일이 있다고 직장 동료에게 들은 터였다. 조용한 아내의 모습이 그날따라 매력적으로 보여 아내가 만나려는 사람이 누군지 질투가 났다. 아내는 느린 걸음으로, 어찌 보면 흐느적거리며 길을 걷기 시작했다. 어느 순간 좁은 산길로 방향을 틀었다. 더는 차를 끌고 미행할 수가 없었다. 길가에다 차를 바짝 붙여 대고 차에서 내렸다. 아내는 그새 제법 많이 떨어져 걷고 있었다. 나는 소리 나지 않게 조심하며 걸었다.

숲길을 들어서니 마른 풀잎 향이 났다. 길가에는 누군가 베어놓은 풀들이 말라 흩어져 있었다. 예취기로 베고 따로 정리를 하지 않은 듯했다. 빽빽한 소나무 숲 사이에는 미처 베지 못해 허리 위까지 올라오는 억새풀이 내게 위협을 가하는 듯 풀잎이 휘어져 흔들렸다. 어릴 적, 엄마를 따라 산에 갔다가 모르고 만져서 손을 벤 적이 있었다. 여린 풀잎은 자신을 보호하기 위해 스스로 칼을 만들었다. 그 따가웠던 기억이 되살아나 억새풀에서 멀찍이 떨어져 걸었다. 아내는 비현실적이고 몽환적인 배경 속을 저만치 걸어갔다.

어딘지 모르게 낯익은 길임을 그제야 인식했다. 아내를 의심하느라 미처 생각을 못 했는데 재작년에 돌아가신 장인어른 산소로 가는 길이었다. 이래서 내가 늘 처가에 무심하다는 소리를 듣는지도 모르겠다. 꼬불꼬불 산길을 돌아 들어가는 아내의 뒷모습에 고독이 서려 있다.

길가에 작고 하얀 개망초꽃이 피어 있었다. 지천으로 피어도 한 번도 눈여겨보지 않았던 개망초꽃이 그날따라 눈에 띄었다. 깃털을 잘 다듬은 듯한 하얀 꽃잎에 노란 점 하나를 얹어둔 것 같은 모양이다. 하나, 둘 보이던 꽃대가 산소에 가까워질수록 차츰 늘어났다. 하얀 꽃들이 무더기로 피어올라 바람에 흔들렸다. 녹음 위에 흰 눈이 소복이 내린 것 같아 한동안 입을 다물지 못했다. 산소 주변에 온통 개망초꽃이 흐드러졌다. 야생화가 아니라 누군가 예쁜 꽃을 심어놓은 것 같았다. 아내는 풀꽃을 좋아했다. 산천에 아무렇게나 자라나는 작고 앙증맞은 꽃을 보면 예쁘다고 소리를 지르곤 했다. 화려하고 아름다운 꽃이 얼마나 많은데 보일락 말락 하는 꽃들에 열광하는지 알 수 없었다. 이 아름다운 광경은 어디서 온 것일까? 산소를 둘러싼 개망초꽃이 마치 춤을 추는 듯한 이 모습은 뭔지.

아내와 나는 개망초꽃을 사이에 두고 얼마간 떨어져 있었다. 물이 오른 개망초꽃이 무더기무더기 한들거린다. 개망초꽃 속에서 우리는 마주 보고 바투 앉아 있다. 아내는 내 눈을 그윽한 눈빛으로 올려다본다. 나는 아내의 입술에다 입을 맞추고 머리카락을 쓸어내린다. 아내는 예전 모습 그대로 환하게 웃는다.

나는 꽃 속에 파묻힌 아내에게 다가가 아내를 안을 뻔했다.

정신을 차리고 아내가 하는 양을 나무 뒤에 쪼그리고 앉아 지켜보았다. 아내는 가방에서 소주 한 병을 끄집어냈다. 술을 한 잔 따라 산소 앞에다 놓았다. 잔디 사이에 웃자란 풀이 있어도 개의치 않고 절을 두 번 했다. 그러더니 소주병의 술이 절반 정도 줄어들 때까지 잔에 따라서 산소에다 뿌렸다. 아내는 하늘을, 나무를, 개망초를 천천히 둘러보았다. 바람이 솔잎을 지나, 개망초를 흔들고, 아내의 옷자락을 스친다. 아내는 잔에다 소주를 따르더니 연거푸 두 잔을 마셨다. 평소에 한두 잔의 술에 온몸이 벌게지곤 했다. 그런 아내가 술꾼이라도 된 양 소주를 마셨다.

아내는 개망초꽃을 손으로 쓰다듬었다. 마치 애완용 고양이의 털을 만지듯 부드러운 손놀림이었다. 개망초꽃에 싸인 아내는 영화 속 주인공처럼 돋보였다. 그 옆에 지금 앉을 수 있다면…….

아내는 남은 술을 기어이 들이켜곤 한참을 그곳에 앉아 있었다. 멍한 눈으로 아무런 생각이 없는 듯한 모습이었다. 공허함에 빠진, 낯선 아내의 얼굴은 삶의 의욕을 잃은 듯 보였다. 언뜻 엄마의 모습이 스치고 지나갔다. 엄마보다 일찍 저세상으로 간 누나도……. 뒤이어 수많은 여자의 환영이 보이는 것 같아 나는 머리를 가로저었다.

아내는 산소 옆에 오래도록 그렇게 머물렀다. 밤늦게 들어오는 아내를 보며 낯선 남자를, 할 일 없는 여자들과 술 마시는 장면을 떠올리거나 했다. 기껏해야 이런 곳에서 술을 먹고 취해 들어왔단 말인가. 아내의 빈 행적을 다 채울 순 없었지만 외딴곳에서 혼자 술을 마시는 아내가 가여워졌다. 내가 추구해온 목표들이 아내의 모습에 와르르 무너져 내렸다. 나 혼자 가족을 부양하느라 고생이라고, 아내는 편하게 산다고 여겼다. 남들처럼 돈을 벌지 않는 아내를 무시하고 함부로 대했던 순간들이 주마등처럼 뇌리를 스쳤다.

빠른 걸음으로 나는 그곳을 빠져나왔다. 내가 미행한 걸 알면 기겁을 할 것이다. 가뜩이나 내게 쌍심지를 켜고 있는 아내의 심기를 건드리고 싶지 않았다. 개망초꽃이 자꾸만 뒤돌아 보였지만 길을 재촉했다. 있는 듯 없는 듯 부드러운 개망초꽃의 향기는 한동안 내 코끝에서 맴돌았다.

밤새 당직 서느라 피곤한 데다 한나절을 아내를 좇느라 시간을 보내서 그런지 집에 도착하자마자 소파에 곯아떨어졌다. 씻지도 않고 옷을 입은 채였다. 땅거미가 내려앉을 무렵 누군가 들어오는 기척에 잠이 깼다. 나는 미동도 하지 않고 자는 체했다. 아내의 손에는 베로 만든 장바구니가 들려 있었다. 예전에 저걸 직접 만들었을 때 아내는 상기된 얼굴로 내게 물었다. 이쁘죠? 장바구니는 장 본 물건을 담으면 되지 그게 무슨 대수인가 싶었다. 시큰둥한 내 반응에 아내가 실망한 표정을 지었던 게 기억났다. 저기에 물건을 사서 꽉 채워 오곤 하던 아내에게 사사건건 잔소리를 했다, 낭비한다고. 지금은 그런 잔소리가 필요치 않았다. 아내는 장바구니의 반을 채우지 않는 날이 많았고, 한두 개의 물품만 사서 들고 오는 날도 흔했다. 장바구니를 채우는 재미를 잃어버린 것 같았다.

아내는 부스럭거리며 식탁 위에 물건 두어 개를 내놓더니 한참 동안 멍하니 앉아 있었다. 천천히 빈 장바구니를 들고 일어섰다. 다시 밖으로 나가려는 듯 현관을 향해 발걸음을 뗐다. 아내가 밖으로 나가면 영원히 돌아오지 않을 것 같은 불안감이 엄습했다. 소파에서 일어나 앉으며 아내를 불렀다. 아내에게 잠깐 얘기 좀 하자고 했다. 아내는 낯선 표정으로 나를 쳐다봤다.

"생활비 올려줄 테니 이혼하겠다는 말은 하지 마. 내가 너무 아끼는 바람에 생활비가 부족했던 거 알아. 앞으로 내가 잘할게. 하은이와 여행도 자주 다니고 남들처럼 그렇게 살아보자고."

아내는 입술을 꾹 다물었다.

"제발 속 좀 그만 긁어…… 당신이 그러니까 내 가슴에 금이 간다고. 뭣 때문인지 말이라도 시원하게 해봐, 그 꾹 다문 입술에 내가 베일 것 같단 말이야."

나를 쳐다보는 아내의 눈가에 이슬이 촉촉이 맺혔다.

"차가……."

"차가, 그게 어떻게 됐다고?"

"…… 그게 그렇게 중요했어?"

내 말은 귓등으로 듣고, 자신의 말을 마친 아내는 총총히 일어나 장바구니를 들고 밖으로 나갔다. 생활비가 아니고 차라니? 뜬금없는 말에 잠시 멍멍한 기분이 됐다.

차를 긁은 그날 밤 술에 취해 들어온 내게 아내는 아무 말도 하지 않았다. 아침에 기어들어 가는 목소리로 주차하다가 차를 긁었다는 말을 했다. 가느다란 철근에 조금 긁혔다고 했다. 사실……. 뭔가 변명을 늘어놓으려는 아내의 말을 자르며 소리를 질렀다. 좀 조심하지 않고! 새로 산 차를 긁었다니 나는 화가 났다. 매사가 그 모양이야. 제대로 하는 게 없어. 그 순간 아무것도 생각나지 않아 아내에게 퍼부어댔다. 하은이는 내게 그만하라며 손가락으로 쉿, 하는 신호를 보냈지만 나는 멈추지 않았다. 하은이는 커다란 눈동자로 아내의 얼굴을 쳐다보며 안절부절못했다. 아내는 입술을 잘근거리고 있었다.

대충 옷을 입고 나가 차의 상태를 살폈다. 벽에 박힌, 가는 철근이 차를 집게손가락 길이만큼 긁고 지나간 흔적이 보였다. 시멘트벽에 단단하게 고정된 철근은 차를 긁고도 뾰족한 형태를 유지하고 있었다. 철근이 스치고 지난 자리는 도색이 벗겨져 죽 그어져 있었는데, 그 순간 내 몸에 상처가 난 것처럼 욱신거렸다. 손가락으로 긁힌 자국을 살살 문질러 보았지만 별 차이가 없었다. 적금 통장 하나를 헐어 마련한 새 차를 불과 한 달 만에 흠집을 내다니. 아내의 부주의에 화가 났다. 집에 돌아온 나는 씩씩거리며 말했다. 조금이라니, 당신 눈엔 그게 조금처럼 보여? 칠이 벗겨져 속이 훤히 보이더구만. 산 지 얼마나 됐다고 그 지경으로 만들어. 그때 아내의 눈빛이 심하게 흔들렸다. 감당할 수 없는 울분에 쌓인 듯도 했고, 원망하는 듯도 했다. 한편으론 한없이 슬퍼 보였다. 하은이는 그런 아내를 물끄러미 바라봤다. 베란다 쪽으로 등을 돌리고 앉은 아내는 우는지 어깨를 들썩거렸다.

돈을 벌려는 욕심에 시작한 주식이 절반 이하로 곤두박질쳤을 때도, 하은이가 놀이터에서 놀다 다쳐서 아내를 몰아세웠을 때도, 결혼하고 한 번도 장인 장모에게 선물을 하지 않았어도 아내는 이혼하자는 말을 하진 않았다. 그런데, 그날의 일이, 그 사소한 일 때문에…….

나는 기가 차서 말이 나오지 않았다.

실금 같은 소소한 일들이 아내에게 상처를 입혔다면 그 수를 헤아리기조차 힘들지도 모른다. 반찬 타박을 했을 때, 치약을 허비한다고 고함쳤을 때, 쓸데없는 물건 사들인다고 잔소리했을 때, 옷이 없다고 투덜대는 걸 무시했을 때, 아내가 입덧하던 기간에 체리 대신 토마토를 샀을 때, 조기 폐경이 되어 우울한 아내에게 편해서 그렇다고 구박했던 때가 떠올랐다. 나는 문득 장인어른 산소 가는 길에 본 억새풀이 기억났다, 스스로 날을 세운 억새가.

보일 듯 말 듯 녹이 낀 실금. 칠이 더 벗겨진 것도 아니고 차가 굴러가지 않는 것도 아니었다. 하지만 나는 그것 때문에 아내와 헤어졌고, 그 실금을 아직도 메우지 못하고 있다.

201호 병실

철제로 된 몸통에 스펀지를 감싼 인조 가죽, 바퀴, 안전 가드로 이루어진 내 모습. 나는 매트리스를 받쳐주는 철 부분에 길쭉하게 긁힌 흔적이 있다. 환자를 이송하던 중 벽 모서리를 지나다 생긴 상처인데 그때 여자가 비명을 질렀던 기억이 또렷하다. 내가 간병인이 상주하는 이 병실에 온 지는 오년 전이다. 그 전에는 307호에 있었다. 거기는 보호자가 왔다 갔다 하거나 환자 혼자 병실에 있기도 했으므로 이곳보다 경증인 환자가 입원했다. 그곳에서 겨울을 날 때, 내게 누워 지내던 환자가 당뇨 합병증으로 사망한 채 그대로 영안실로 옮겨진 적이 있었다. 당시에 나는 죽음을 목전에 둔 사람 앞에서 슬퍼하는 가족을 보았다. 사람들은 죽음으로 인한 이별을 특히 아쉬워했다. 그때 병원 확장 사업이 마무리되는 바람에 나는 예전 병실로 되돌아갈 수 없었다. 병실은 침대 네 개 중에서 나를 포함해 두 개가 비어 있었다. 며칠 전 구 노인이 입원하고 난 뒤로는 환자가 없었다. 그런데 오랜만에 간병인이 내 옆 침대에 병원명이 새겨진 흰 덮개를 씌웠다.

안영화. 만 85세. 뚱뚱한 간호사가 이름표를 손잡이 사이에 붙였다. 커트 머리에 하얀 얼굴을 한 할머니가 여자 보호자와 함께 들어섰다. 입을 꼭 다문 할머니는 말이 없었고 행동거지가 조용조용했다. 며칠 전에 들어온 구 노인과 대조돼 보이는 할머니는 간병인이 영화 할매라 불렀다. 함께 들어온 여자는 어디서 본 듯한 얼굴이었다. 쌍꺼풀진 눈과 까만 눈동자를 보는 순간, 307호에 있을 때 팔뼈가 부러진 남편을 간호하던 여자라는 걸 알아챘다. 여자는 차분한 이미지로, 보호자가 없는 사람을 도와주기도 해서 기억에 남아 있다. 가끔 여자의 안부가 궁금해지기도 했는데 그건 여자에게서 풍기는 묘한 분위기 때문이었다. 여자의 남편을 이송하다가 생긴 흔적이 그대로 있는데도 여자는 나를 못 알아보는 듯 어색한 얼굴로 병실을 휘 둘러보았다. 창가 쪽에 놓인 수납장에 안 노인의 짐을 풀어 정리하기 시작했다. 여자는 예전에 비해 별로 변하지 않았다. 이곳에 있다 보면 사람들에 대해 많이 알게 된다. 처음엔 낯설어서 알아듣지 못한 말도 이제 사람들의 표정이나 눈빛만 봐도 어떤 상황인지 짐작할 수 있다. 여자는 그때보다 머리가 길고, 표정엔 우수가 서렸으며, 농익은 몸매가 눈길을 끌었다. 병실에 들어선 지 몇 분 지나지 않아 구 노인 보호자인 사내가 여자의 몸매를 몇 번이나 훔쳐봤는지 모른다.

여자는 안 노인의 딸이라고 했다. 기저귀, 물티슈, 물병, 그릇을 사물함에 정리하고, 안 노인이 먹을 것을 냉장고에 넣기 시작했다. 요구르트, 고구마 삶은 것, 반찬통 두 개, 주스, 귤을 차례로 넣고 있는데 구 노인이 눈에 쌍심지를 켜고 고함을 쳤다.

"냉장고를 혼자서 차지하면 우짜는교? 내 두유도 넣어주소."

구 노인은 주인이라도 되는 듯 목소리에 힘을 줬다.

"두유는 밖에 둬도 괜찮아요."

듣다 못한 여자가 짜증을 냈다. 구 노인은 그래도 굽히지 않고 한 집에서 냉장고를 많이 쓴다며 잔소리를 해댔다. 먹을 것을 정리해 넣던 여자는 일손을 멈추고 구 노인을 쏘아보았다.

"눈까리 번쩍 뜨고 째리 보면 우짤 낀데?"

구 노인은 여자를 잡아먹을 듯이 목청을 높였다. 여자는 구 노인의 말을 무시하고 남은 먹거리를 다시 냉장고에 정리하기 시작했다.

"인자 고만하소." 사내가 구 노인에게 타박을 줬다.

"니는 내가 뭘 어쨌다고 난리를 지기샀노." 구 노인은 분이 안 풀리는지 입을 씰룩거리며 구시렁거렸다.

"텃세하기는, 병원이 지 집인 줄 아나……."

조용히 지켜보던 안 노인은 들릴락 말락 하는 목소리로 구 노인의 흉을 보았다. 간병인을 비롯해 사람들이 구 노인의 그런 행동을 곱게 보지 않고 한소리씩 거들자 구 노인은 그제야 억지소리를 멈췄다.

저녁을 먹고 난 후 구 노인이 부산스럽게 뭔가를 찾기 시작했다. 고개를 갸웃거리더니 사물함과 서랍을 뒤적였다.

"분명히 여기 뒀는데……." 구 노인이 간병인을 부르더니 돈이 없어졌다고 법석을 떨었다.

"어휴, 또 시작하시네." 간병인이 한숨을 내쉬었다.

사실 어젯밤에도 구 노인은 돈을 숨긴다고 한바탕 난리를 떤 터였다. 처음에는 모르겠다던 간병인이 구 노인의 성화에 함께 찾기 시작했다. 오랫동안 씨름한 끝에 사물함 뒤에서 하얀 봉투 하나를 찾아냈다. 구 노인은 그제야 눈가에 자글자글한 주름을 잡으며 얼굴에 미소를 띠었다.

"이 돈 좀 맡아줘."

구 노인은 언제 화를 냈냐는 듯 치열이 고른 틀니가 드러나도록 웃었다. 간병인은 두 손을 내저으며 난색을 표했다. 구 노인이 언제 또 다른 소리를 할까 걱정인 듯했다. 간병인이 거부하자 구 노인은 냉장고 일로 얼굴 붉힌 것을 잊은 사람마냥 여자를 불러 돈을 맡아달라고 했다. 여자는 잠시 생각하더니 고개를 가로저었다. 입가에 미소가 서려 있었지만 단호한 표정이었다. 구 노인은 돈 봉투를 들고 한참을 멍하니 앉아 있다가 환자복 호주머니에다 쓱 집어넣었다.

안 노인은 다리 수술을 하고 이곳으로 들어왔다고 했다. 몸에는 소변줄을 달고 있었고, 수술한 곳이 뒤틀리지 않도록 베개를 끼워두고, 앉거나 누울 때 자세를 바르게 해줘야 했다. 여자는 안 노인의 밥을 챙기고 용변 보는 것을 도와줬다. 기저귀에 대변을 봤기 때문에 여자는 그걸 처리하느라 이마의 땀을 훔쳐내곤 했다. 안 노인은 힘이 없어 대변을 볼 때 힘들어했다. 대변을 눌 때면 안 노인의 엉덩이에 코를 박고 손으로 엉덩이를 눌렀다. 안 노인은 뒤가 마려운 기미가 있으면 밥 먹는 것도 미루었다. 그러다가 대변도 못 보고 다 식어버린 밥을 먹기도 했다. 여자의 형제자매가 여럿이라고 들었지만 여태껏 그들이 병원에 온 적은 없었다.

안 노인 옆에는 중환자가 들어와 있었다. 그 할머니는 대변을 자주 싸서 병실에는 구린 냄새가 배어 있었다. 안 노인은 코가 예민한 편이라 그 냄새를 힘들어했다. 그런 이유로 자신의 대변도 간병인이 처리하는 걸 달가워하지 않았다. 병원비 외에 간병비가 별도로 나갔지만 안 노인은 틀니 씻는 것도, 용변 보는 것도 간병인에게 맡기는 걸 꺼렸다. 보호자가 계속 붙어 있을 수 없었기에 간병인이 있는 병실에 들어

왔어도 안 노인의 성정 때문에 그 효과는 미미했다.

"나는 사진 안 찍는대이. 쓸데없이 뭐하러 만날 찍는다고 난리를 떠는가 모리겠네."

구 노인이 간호사를 쏘아보며 짜증을 냈다. 어쩔 줄 몰라 하며 팔을 잡아 일으키려는 간호사를 뿌리쳤다. 사진은 MRI를 말하는데 모르는 사람이 들으면 무슨 기념 촬영이라도 하는 줄 알 것이다. 간병인은 고개를 설레설레 저으며 간이침대 쪽으로 걸어갔다. 병원에 있으면 의사의 처방에 따라야 함에도 구 노인은 막무가내였다. 의사가 유독 자신에게만 병원비를 지나치게 매긴다고 의심했다. 한바탕 입씨름이 있었지만 구 노인의 고집을 꺾진 못했다.

여자는 안 노인을 운동시키기 위해 보조 보행기를 펼쳤다. 다리 수술 후 스스로 일어나지 못해서 여자가 옆에서 붙잡아 일으켜 세워줘야 했다. 안 노인이 보조 보행기를 옮기며 천천히 발걸음을 떼는 순간 구 노인은 자신도 걷고 싶다고 바퀴 달린 걸 갖다 달라며 간병인을 졸랐다.

"할머니는 움직이면 뼈가 안 붙어요." 간병인이 짜증스레 말했다.

"색시, 나도 보행기 좀 갖다 주소."

여자는 살짝 웃음을 띠고는 말없이 안 노인을 따라 출입문 밖으로 나갔다. 구 노인은 그 모습을 지켜보며 혀를 찼다.

"어이구! 내 신세야."

구 노인은 별 걸 다 질투했다. 안 노인이 운동하는 것까지도 곱지 않은 시선을 보냈다. 두 사람의 병증이 확연히 차이 나는데도 아랑곳하지 않았다. 안 노인은 부러진 뼈를 잇는 수술을 했기에 운동이 필요했다. 오랜 병원 생활에 근육이 빠지고 있었다. 반대로 구 노인은 어깨와 허리에 금이 가서 꼼짝 않고 있어야 했다. 그런데도 구 노인은 안 노인이 하는 운동을 끈질기게 하려고 했다. 안 노인과 경쟁해서 지면 큰일이라도 날듯이 악착같은 면이 있었다.

여자와 안 노인이 나간 뒤 구 노인은 투덜투덜 혼잣말을 했다. 그러다가 식판을 소리가 나도록 밀어젖혔다. 고요한 병실에 탕, 하는 소리가 났다. 간병인이 화들짝 놀라며 짜증을 냈다. 옆 침대는 자주 구 노인의 화풀이 대상이 되곤 했다.

"할머니 혼자 있는 곳 아니잖아요."

구 노인은 간병인의 말에 눈을 치떴다. 주름진 얼굴에 비해 눈동자는 반들거렸다. 간병인이 얼굴을 찡그렸다. 두 사람 사이에 찬 기류가 흘렀다. 삼각 구도를 형성하던 것이 일자형으로 대치되면서 병실 안에는 팽팽한 긴장감이 감돌았다. 폭풍 전야처럼 고요한 병실 때문인지 복도를 지나가는 사람들의 발소리가 평소보다 크게 났다.

열은 로즈메리 향이 바람을 타고 들어왔다. 복도에 긴 생머리를 늘어뜨린 여자가 나타났다. 과로로 쓰러져 내 위에서 한 달간 입원한 적 있는 설아 씨였다. 내가 많은 사람 중 설아 씨를 특별히 여기는 이유는 그녀의 외모가 아니라 행동 때문이었다. 설아 씨는 눕기 전에 항상 시트를 털어주었고, 잘 때는 한 번씩 손으로 나를 쓰다듬었다. 옆으로 누울 때 설아 씨의 심장 소리가 미세하게 났고, 가슴의 감촉은 부드러웠다. 설아 씨의 행동 하나하나가 절제미를 풍겼다. 삶에 지쳐 피로한 기색이 있었지만, 설아 씨는 가녀린 한 송이 꽃처럼 청초했다. 설아 씨가 퇴원하던 날, 나는 설아 씨의 행복을 바라면서도 그녀가 다시 병원에 왔으면 싶었다. 내가 307호에서 201호로 오는 순간, 설아 씨를 만날 기회는 줄어들었다. 201호는 간병인이 필요한 병실로 젊은 사람은 거의 찾아볼 수 없어서다. 생머리 여자가 우리 방을 힐끗 쳐다볼 때, 나는 설아 씨임을 단박에 알아챘다. 설아 씨는 내게는 관심도 없이 구 노인에게 눈길을 주더니 그대로 지나가 버렸다. 설아 씨의 얼굴이 핼쑥해 보였다. 벽을 투시하는 능력이 있다면 설아 씨가 어디로 가는지, 왜 왔는지 알 수 있겠지만 내겐 그런 능력이 없었다. 설아 씨가 내 위에 누웠던 그때의 느낌이 되살아났다. 설아 씨와의 만남을 그렇게 기다렸어도 긴 생머리를 뒤로하고 아무런 제스처도 없이 그냥 멀어져 가버렸다. 운동 중인 안 노인과 여자라도 돌아오면 생각이 고이지 않을 텐데 나는 한동안 설아 씨에게서 벗어날 수가 없었다. 설아 씨와는 짧은 만남 뒤에 긴 이별의 시간이 이어졌다.

구 노인은 출입문을 습관적으로 쳐다보곤 했다. 누군가를 기다리는 모습이다. 며칠 전, 딸들이 갖가지 음식을 해서 가져온 적이 있었다. 초밥과 회를 푸짐하게 준비해 와서 분위기가 왁자하니 좋았다. 오랜만에 구 노인의 미간에도 주름이 펴졌다. 깔깔거리는 웃음소리가 병실을 채웠다. 그러다 갑자기 구 노인이 딸들이 준비해온 음식을 병실 바닥에 내동댕이쳤다. 가지런히 썰어진 회, 통깨가 뿌려진 초고추장, 한 입 크기의 초밥이 제각각 바닥에 흩어졌다. 내 몸에도 초고추장이 튀었고, 순식간에 병실이 아수라장이 됐다. 이목이 집중된 가운데 딸들은 쭈뼛거리며 음식을 주섬주섬 봉지에 담고, 물휴지로 바닥을 닦았다. 그중 단발머리를 한 딸이 내 몸에 묻은 초고추장을 닦아주었다. 딸들은 고개를 숙이고 말없이 병실 밖으로 나갔다. 구 노인은 딸들이 가는데도 소리를 지르고 있었다. 그날 이후 딸들은 병실에 나타나지 않았다. 구 노인은 한가할 때마다 딸들이 오지 않는다며 투덜거렸다. 고약한 성미를 가진 구 노인도 며느리가 오면 순한 양처럼 굴었다. 교사를 한다는 며느리 앞에서는 다정하고 온순한 사람으로 변했다.

안 노인은 다른 사람을 배려하느라 자신의 불편을 감수했고, 이런 점이 오히려 다른 사람을 불편하게 한다는 걸 정작 본인은 몰랐다. 대변을 누고서도 제때 말을 하지 않는다든가, 밥을 먹고 난 뒤 양치를 해야 하는데도 틀니를 맡기지 않는다든가 하는 일로 주위 사람을 불편하게 했다. 그래도 구 노인에 비하면 매사가 순조로운 편이었다. 패악을 치는 일도 없었고 억지 주장을 하지도 않았다. 안 노인과 여자가 병실에 들어섰다. 안 노인이 어둔하게 움직였다. 여자는 안 노인을 침대 가까이 가도록 유도했다. 안 노인의 숨소리가 거칠었다. 안 노인은 특별한 일이 없으면 운동을 거르지 않았다. 기력이 없어 보이는 날도 여자가 운동을 하러 가자고 하면 기꺼이 따라나섰다. 안 노인이 내 앞 침대에 눕는 동안 여자는 신발을 벗기고, 다리를 들어 올리고, 침대 높이를 맞추느라 분주했다. 안 노인을 편한 자세로 눕히고 나서야 여자는 의자에 몸을 기대앉았다. 여자는 한시도 안 노인에게서 눈을 떼지 않았다. 무심히 나를 쳐다볼 때가 있었는데 그건 안 노인이 잠이 들었을 때였다. 입을 꼭 다문 여자는 설아 씨와 닮았다. 설아 씨는 어디로 갔는지, 어디가 아파서 병원에 온 건지 알 수 없었다.

옆에 중환자 할머니의 남편이 목발을 짚고 병실을 들어섰다. 그 순간 할머니는 오랜만에 의사 표시를 했다. 손가락 두 개를 펼쳐 보였다. 말이 어둔해서 알아들을 수 없으니 무슨 말인지 전달이 되지 않았다. 간병인이 옆에서 도움을 주려고 해도 손가락 두 개를 펼쳐 보인다는 사실 외에는 눈치 채지 못했다. 할아버지는 한참을 고민하더니 바깥으로 나갔다. 얼마쯤 지났을까. 할아버지가 다시 병실로 들어와 할머니에게 "뭐라꼬?"라며 소리쳤다. 할머니는 귀가 어두워서 큰 소리로 말해야 했다. 할머니는 손가락 두 개를 연신 흔들어 보이며 웅얼거릴 뿐 할 말을 못했다. 의료진이 할머니 상태를 살피러 왔다. 할머니는 의료진에게도 손가락을 펼쳐 보였다. 의사 옆에 서 있던 간호사는 할머니의 의중을 알아내려고 오랫동안 말을 주고받았다. 그런데도 할아버지가 그랬듯 아무것도 알아내지 못하고 링거주사만 한 대 더 놓고 병실을 빠져나갔다. 할머니가 하고픈 말이 무엇인지 가장 가까운 사람조차도 파악하기 어려웠다. 하고 싶은 말과 듣고 싶은 말이 따로 존재하는 걸까.

"일로 와 보소." 병실이 조용해지자 구 노인이 여자를 불렀다.
"무슨 일이에요?" 여자는 경계의 눈초리를 하며 다가갔다.
구 노인은 홍삼 엑기스를 끄집어내더니 여자에게 맡아달

라고 했다. 기력 회복에 좋다면서 식후에 꼬박꼬박 챙겨먹던 거였다. 여자는 고개를 가로저었다.

"여기는 도둑이 많아. 그래서 맡기려고." 구 노인은 목소리를 낮추고 여자를 설득하려고 했다.

"할머니가 갖고 계세요."

여자는 차분한 어조로 말하고는 의자로 되돌아왔다. 구 노인은 뭔가 떨떠름한 얼굴로 여자의 뒷모습을 째려봤다. 여자는 안 노인의 손을 잡고 기도하듯 고개를 숙였다. 구 노인이 간병인을 부르더니 그것을 맡기려고 했다. 간병인도 고사하자 구 노인이 소리를 질렀다.

"내가 병원비를 안 내나, 와 내 말을 안 들어 주노?"

간병인은 딴청을 피우며 화장실로 가버렸다.

"이쪽에 와 보소." 구 노인은 자신의 의견이 받아들여지지 않자 다시 여자를 불렀다. "침대 밑에 샴푸가 있는지 좀 봐 주소."

"있어요." 여자가 몸을 숙여 침대 밑을 살피며 말했다.

"그거 좀 꺼내 주소."

여자가 샴푸를 들어 올렸다.

"여긴 도둑이 많으니 새댁이 오늘 그걸 맡아뒀다가 내일 줘, 어이."

여자는 고개를 가로젓고 샴푸를 구 노인에게 안긴 후 자리로 되돌아왔다. 잃어버리기라도 하면 영락없이 도둑으로 몰릴지도 모를 일이었다. 아직 잘 알지 못하는 구 노인이 집착에 가까울 정도로 의지하는 게 여자에게 부담이 된 듯했다. 구 노인은 미간에 세로 주름을 잡으며 여자의 뒷모습을 노려봤다. 금방이라도 여자의 뒤통수에다 샴푸를 내던질 기세였다. 다행히 여자가 자리로 돌아오기까지 그런 일은 일어나지 않았다.

여자는 의자에 앉아 말없이 안 노인을 응시했다. 순간 설아 씨 모습이 겹쳤다. 설아 씨가 입원한 기간에 병원을 떠들썩하게 한 일이 있었다. 맑은 눈을 가져서 세상 근심과는 동떨어져 있을 것 같은 설아 씨에게도 견디기 힘든 시간이 지나갔다. 설아 씨가 병실에 있을 때 남편이 아들을 데리고 가려 한 사건이 있었다. 친정엄마가 외손자를 데리고 설아 씨를 간호하고 있을 때는 또 시어머니가 찾아와서 손자를 데리고 가려 해서 한바탕 소동이 일었다. 다짜고짜 아이를 빼앗으려는 시어머니 탓에 아이는 병원이 떠나가도록 울었다. 고성이 오가고 그 병실에 있던 다른 환자들은 공포에 떨며 복도로 빠져나왔다. 환자들은 의자에 모여 앉아서 가슴을 진정시키며 이 일을 곱씹었다. 병원 경비가 올라오고 급기야 경찰까지 동원되는 일이 벌어졌다. 그날 밤엔 친정엄마가 아이를 데리고 갈 수 있었지만 뒷일은 알 수 없었다. 덩치가 큰

외삼촌이라는 사람이 몸에 땀이 범벅이 되어 씩씩거리며 복도를 지나갔다. 그 모습만으로도 사람들은 공포감에 사로잡혔다. 밤에 설아 씨는 앓는 소리를 내며 시트를 축축하게 적시도록 울었다. 한때는 사랑해서 아이까지 낳은 사람들이 그토록 미워하는 관계가 될 수 있다는 사실이 두려웠다. 그 뒤로 얼마 안 돼 설아 씨는 퇴원을 했다. 설아 씨는 남편과 이별을 앞두고 있는 것 같았다. 아이까지 데리고 가면 어쩌면 혼자가 될지도 모르는 상황이었다.

늘 조용하던 안 노인이 아침 댓바람부터 구 노인 욕을 하기 시작했다. 밤에 짜증을 내서 잠을 못 잤다는 이유였다. 구 노인은 구 노인대로 간섭한다며 안 노인에게 성질을 부렸다. 병원 욕을 하면서 퇴원할 거라고 고함을 질렀다. 중환자 할머니는 옆에서 상황 파악을 못하고 끙끙 앓았다. 손가락 두 개를 펼쳐 보이던 것도 하지 않았다.

"병신."

구 노인이 중환자 할머니를 쳐다보며 내뱉었다. 아픈 사람에게 그러는 거 아니라면서 안 노인이 구 노인에게 핀잔을 줬다. 두 사람이 말싸움을 해도 말리는 사람이 없었다. 간병인들은 쓸데없이 끼어드는 걸 경계했고, 중환자는 세상 돌아가는 내막을 알지 못했다. 설혹 안다고 해도 표현을 못 했다.

"할매, 오줌 쌌으면 말해줘야지 가만있다가 엉덩이 빨개지면 딸내미가 난리 칠 텐데 왜 말 안 했어요?"

"벌써 감각이 없나?" 구 노인이 끼어들었다.

"무신 말을 그래 함부로 하노?" 안 노인이 구 노인에게 쏘아붙였다.

"말 안 했다 카니까 하는 말 아닌교?" 구 노인이 좀 전보다 목소리 톤을 낮추었다.

"밤중엔 자고 있어 깨우기 미안해 글치."

"자긴 언제 잤다고 그래요? 피곤해 쉬고 있는 거죠."

"코까지 골던걸."

안 노인의 말에 간병인은 눈초리를 치뜨며 한사코 안 잤다고 몰아세웠다. 안 노인은 다투기 싫은지 입을 다물었다. 잘못하다가는 여자가 없는 시간에 간병인들에게 구박덩어리가 될 수도 있다. 구 노인은 이미 그런 상태였다.

아침 시간에는 여자가 없다. 여자는 오후 다섯 시쯤에 와서 안 노인의 저녁 식사와 대변 처리를 돕고, 틀니를 닦아주고 운동까지 시킨 후 귀가했다. 여자가 없는 시간에 안 노인은 식사를 잘 하지 않았고, 말수는 더욱 줄어들었다. 간병인은 한두 숟갈 권하다가 먹기 싫다고 하면 여지없이 식판을 치웠다. 여자는 안 노인이 먹기 싫다고 해도 구슬려서 반 공기는 먹도록 했다. 여자에게 많은 걸 의지했지만 안 노인은 늘 아들을 기다렸다. 아들은 무슨 이유에선지 한 번도 얼굴을 보여주지 않았다.

아들과 동기라는 간병인이 안 노인과 여자가 운동하러 나갔을 때 말하기를, 아들은 연애하느라 바쁘다고 했다. 그 말이 확인된 바는 없었지만 병실 사람들은 그렇게 믿었고, 안 노인에게는 쉬쉬했다. 안 노인은 아들을 기다리고, 여자는 안 노인을 바라봤다. 바라보는 곳이 다른 두 사람. 내가 설아 씨를 기다리듯 안 노인은 아들을 기다렸다. 기다리는 사람은 잘 나타나지 않는 법이다. 여자가 곁을 지킬 때는 그나마 심리적으로 안정돼 보이는 안 노인도 여자가 없을 때는 세상일에 냉담한 시선을 보냈다.

소변백에 부유 물질이 고이기 시작할 때부터 안 노인은 여자에게도, 사람들에게도 역정을 냈다. 그런 날 여자는 눈에 눈물이 고였지만 이내 아무 일도 없는 듯 안 노인의 곁을 지켰다. 그동안 조용하던 안 노인도 여자가 오면 간병인에 대해 안 좋게 얘기했다. 여자는 손가락을 입으로 갖다 대며 눈을 깜박거렸다. 간병인들이 냉장고에 갖다 둔 음료를 마음대로 먹고 비닐장갑을 말도 안 하고 가져간다고 안 노인이 말했기 때문이다. 여자는 안 노인의 장단을 맞추기도 그렇고 무시하기도 그래서인지 목소리를 낮추고 걱정하지 말라는 말만 되풀이했다. 노인들이 잘 모르는 듯해도 간병인들의 일거수일투족을 세세히 살폈다. 간병인들이 보호자가 자주 왔다 갔다 하는 환자의 눈치를 더 많이 보는 건 사실이었다. 들어오는 노인마다 시간이 지나면 간병인에게 의심의 눈길을 보내곤 했다.

"할머니는 좋겠어요. 이렇게 매일 딸이 찾아오니."

"좋기는, 병원비는 아들이 다 내는데."

그 말을 듣는 여자의 안색이 어두웠다. 여자가 과일이며 요플레며 죽을 사다 날랐지만 안 노인은 결정적일 때 아들의 역성을 들었다. 여자가 슬퍼 보일 때는 안 노인이 이런 억지소리를 할 때였다. 노인의 관념은 쉬이 바뀌지 않는 것 같았다. 아들에 대한 안 노인의 애정은 절대적이라 할 만했다. 그건 사람들에게 아들 자랑을 하는 걸 보면 알 수 있었다. 딸에 대한 자랑은 선생질한다는 말 한마디뿐이었지만 아들 얘기가 나오면 온갖 말로 효자임을 증명하려 했다. 정작 아들은 코빼기도 보이지 않았다. 구 노인 집에는 딸들이 왔을 때 음식을 내동댕이친 이후로 아들만 드나들었다.

"그 집 아들은 부모는 뒷전이고 연애한다고 바쁘다 카더마는?" 구 노인이 아는 체하며 한마디 했다.

"이 할망구가 뭐라카노?" 조용하던 안 노인의 입에서 거친 말이 튀어나왔다.

"병원에 소문이 쫙 깔렸는데 몰랐능교?"

"누가 카더노? 내가 입을 찢어놓을 끼다."

안 노인이 덜덜 떠는 손가락을 내밀며 삿대질을 했다. 간병인이 구 노인에게 다가가 팔을 살짝 꼬집으며 눈을 흘겼다. 구 노인은 순간적으로 놀라는 표정을 지었다.

"누가 카기는 카던데…… 기억이 잘 안 납니더."

구 노인은 기어드는 목소리로 답했다.

"남의 집 죄 없는 아들 잡아놨으면 밝히야지, 기억이 안 나기는 와 안 나노?"

기력도 없는 안 노인이 악을 쓰며 쏘아붙였다.

"병원에 들앉은 노인이 머를 알겠능교?"

"그리 잘 아는 사람이 누가 카던지 와 안 밝히노?"

"엄마, 잘못 듣고 그런 건데 그만해요."

"내가 와 그만하노? 저 할망구가 니 오라비를 물에 빠주는데 니는 억울하지도 않나?"

"아니면 그만이지, 자꾸 말하면 뭐해요?"

"맞다, 할매! 잘못 듣고 하는 말이니까 할매가 참으소 마."

간병인은 자신이 한 말이 들통날까 겁이 나는지 불쑥 끼어들었다.

"속에 천불나니까 걷는 기구 좀 갖다 주소."

여자는 못 들은 척했다. 처음에는 구 노인의 말을 귀담아들어 주더니 지나친 요구에 딴전을 피웠다. 쓸데없는 말로 분란을 일으키는 것도 그런데다 간병인이 걷는 기구를 주면 안 된다고 했기 때문이다. 구 노인은 처음 보는 손님에게도 바퀴 달린 보조 보행기를 갖다 달라고 부탁했다. 그러다 안 되니까 링거대를 잡고 침대에서 내렸다. 환자복 바지가 흘러내려 가무잡잡한 엉덩이 일부가 드러났다. 구 노인의 엉덩이 사이에는 앙상하게 홈이 파여 있었다. 간병인이 말려도 막무가내로 움직이려 했다. 그러면 안 된다고 살살 구슬리자 그제야 입술 양 끝을 끌어올리며 다시 침대에 올라앉았다. 구 노인의 질투는 집요했다. 구 노인은 안 노인이 운동을 할 때마다, "인자 할매는 다 나았다" 하며 부러워했다. 사실 안 노인의 건강은 점점 나빠지고 있었다. 심리적으로 불안정해서 뭐라고 말을 붙이는 사람들에게 타박을 하기도 하고 여자에게 짜증을 내기도 했다. 구 노인은 표현을 해서 풀기라도 하는데 안 노인은 소극적으로 대응하면서 말수가 적어지고 우울한 얼굴로 변해갔다. 매일 드나드는 여자의 얼굴도 생기 넘치던 모습은 점점 사라지고 피부가 푸석푸석했다.

"니도 빨리 무라."

구 노인이 아들에게 타박을 했다. 안 노인이 워낙 적게 먹다 보니 밥을 먹이려는 방편으로 여자가 몇 순갈 거들어 주기도 했는데 구 노인은 그것마저 부러워했다. 안 노인이 하는 건 자신도 해야 직성이 풀렸다.

"저렇게 같이 묵으면 을매나 좋노."

구 노인의 아들은 인상을 썼다. 구 노인은 아들의 모습을 보더니 숟가락을 탁, 놓았다. 여자 역시 거들어 먹던 젓가락을 내려놓았다. 매사에 주변을 힘들게 하는 구 노인이었다.

"요새 할매 딸들이 안 보이네요."

간병인의 말에 구 노인은 미간을 찌푸리며 욕을 했다.

"한 년은 아프다 카고, 또 한 년은 일이 바쁘다 카고, 지 에미가 죽든가 말든가 신경이나 쓰나. 머라 캐도 아들이 최고지."

그 말에 안 노인이 시무룩해졌다.

"너거 오빠야는 와 안 오노?"

여자는 아무 말도 못 하고 시선을 돌렸다. 구 노인은 입을 달싹이며 뭔가를 말하려 했으나 간병인이 눈을 깜짝이자 놀란 표정으로 입을 다물었다.

"내 말 안 들리나?"

"바빠서 못 온다고 연락 왔어요."

안 노인은 여자가 뭘 잘못한 사람처럼 째려보았다.

"천날만날 뭐가 그래 바쁘노? 다른 자식들은 맛있는 거 바리바리 사 들고 와샀더마는."

두 노인은 오지 않는 자식을 기다렸다. 그게 찾아오는 자식에게 이중 부담을 지우는 일이라는 걸 알지 못했다. 여자는 매일 찾아가는 것도 힘든데 오지 않는 자식에 대한 변명까지 해야 했다. 구 노인의 아들은 자주 들르긴 했어도 잠깐 얼굴을 보고 나면 일어나기 바빴다. 고령화 시대에 병원에는 노인들이 많았다. 자식들은 저마다의 이유를 들어서 오지 않았고 노인들의 기다림은 길어져 갔다.

기다림이라 하면 병실에서 내가 선임인 편이다. 환자들도 수시로 바뀌고, 간병인들도 교대 근무를 하기 때문에 그렇다. 보호자들이 머무는 시간은 더욱 짧다. 한 환자가 일주일, 한 달, 한 계절을 병원에 있다가 가고 나면 또 다른 환자가 들어온다. 나는 늘 환자를 맞이하고 기다리는 일이 일상이다. 환자가 바뀔 때는 내 몸에 소독약을 뿌리고 닦아낸다. 독한 소독약 때문에 내 몸이 따갑다는 걸 사람들은 모른다. 사람들이 병원에서 보내는 시간은 끊어지지만 나는 폐기처분이 될 때까지 병실을 떠날 수 없다. 나를 거쳐 간 수많은 사람들은 목록을 작성해도 될 만하다. 그중에서 설아 씨는 잊지 못하고 있다.

안 노인이 몸살을 심하게 앓은 후로 몸이 급격히 나빠진 것 같았다. 간병인에게 소변이 걸쭉하게 나온다는 말을 들었어도 여자와 안 노인은 흘려들었다. 병원에서 별말을 하지 않았기에 그러려니 했던 것이다. 병원에서는 정형외과로 입원해서인지 다른 쪽은 별로 신경을 쓰지 않았다. 시간이 흐를수록 안 노인은 밥을 잘 먹지 않고, 평소 여자에게 다정하던 모습까지도 사라져 갔다. 안 노인의 짜증이 심해져 가고 여자는 비위를 맞추려고 애를 썼다. 삶에서 이런 엇갈림은 수두룩하다. 눈으로 보는 한계, 느낄 수 있는 한계, 깨달을 수 있는 한계가 곳곳에 암초처럼 버티고 있다. 여자는 당황스러워했지만 그동안 해오던 것처럼 안 노인을 돌보고 집으로 돌아갔다.

아직 때가 되지 않았다는데 구 노인은 퇴원시켜 달라고 목소리를 높였다. 덩달아 안 노인도 조급증을 냈다. 두 노인은 퇴원을 두고 경쟁했다. 집에 간다고 예전처럼 일을 하고, 밥을 해 먹을 수도 없을 텐데 집에 못 가서 안달을 냈다.

"나는 와 퇴원을 안 시키노?"

"걷는 연습 좀 더 하면 집에서 생활하는 데 도움될까 싶어 재활 치료하고 가려고 그렇지. 스스로 못 일어나면 요양원에 가야 할지도 몰라. 어제 오빠한테 전화 왔던데 그런 얘기하더라."

"나는 죽어도 거긴 안 간대이. 거기 갔다가 나오는 사람 못 봤다. 죽어서야 나오니까 진짜로 무서븐 데 아이가?"

"스스로 똥오줌이라도 가려야 오빠가 요양원 얘기 못 하지."

"집에 가고 싶다카이."

안 노인과 여자가 옥신각신했다. 안 노인을 보면 몸이 안 좋은 것 같은데 의사도 간병인도 여자도 눈치 채지 못했다.

입맛이 없다는 안 노인을 아무리 달래도 밥 반 공기 떠먹이는 게 쉽지 않았다. 입원한 과에 대한 것만 치료했기에 안 노인의 건강은 점점 나빠졌다.

안 노인은 밥을 제대로 먹지 않는 날에도 운동은 열심히 했다. 여자가 한 말이 가슴에 남았는지도 몰랐다. 평소에 안 노인은 요양원이라면 치를 떨었다. 오늘은 운동하다가 자신도 모르게 주저앉았다. 눈에 새카만 파리 떼가 보인다고 했다. 안 노인의 기력이 점점 쇠해지고 있었다.

"병신."

안 노인 입에서도 이 말이 나왔다. 구 노인이 중환자 할머니에게 병신이라고 할 때마다 타박을 하더니 언제 그랬냐는 듯 자신이 했다. 그 말을 듣고도 할머니는 반응이 없었다. 안 노인은 하루하루 표정이 냉담해져 갔다. 매일 집에 가고 싶다는 말을 수시로 뇌까렸다. 안 노인을 간호하는 여자의 얼굴도 조금씩 어두워져 갔다.

"응급이에요!"

간호사의 다급한 소리가 들리고 의사가 뛰어왔다. 숨을 몰아쉬는 소리가 들리고, 얼마 지나지 않아 흰 천이 온몸을 뒤덮었다. 중환자 할머니는 살아있는 게 살아있는 게 아닌 환자였지만, 다시는 눈을 뜨지 않는다는 사실이 노인들을 두렵게 했다. 간호사가 커튼을 쳤다. 삶과 죽음의 경계는 커튼 하나를 사이에 두고 존재했다.

절차를 진행한다고 시간이 제법 지체됐다.

"얼른 치우소." 구 노인이 역정을 냈다.

"못 볼 꼴 보고 이기 뭐꼬? 나 집에 갈란다." 안 노인의 표정이 싸늘했다.

한 병실에 있었어도 노인들은 죽은 사람과 같이 있는 걸 싫어했다. 금기된 것을 본 사람처럼 무서워했다. 평소에 대화를 나누거나 하지는 않았지만, 살아 있을 때는 그러려니 하더니 죽는 순간 싫은 내색을 했다. 그날 두 노인은 저녁을 걸렀다. 여자가 준 요플레를 먹은 안 노인은 구역질을 했다. 눈물을 찔끔거리며 먹은 것을 다 토해냈다.

아무래도 구 노인에 이어 안 노인까지 우울증에 걸린 것 같다. 안 노인이 아들을 기다리는 만큼 나도 설아 씨를 기다린다. 병실에서 내가 할 일은 환자를 맞는 일뿐이다. 아무도 관심 없는 빈 몸으로 며칠을 지내고 있다. 예전처럼 그녀가 다시 내 위에서 생활한다면……. 설아 씨가 내게 누웠을 때의 느낌은 생생한데 그녀는 나타나지 않는다. 환자라도 들어오면 간절함이 옅어지련만, 내 자리는 출입문 쪽이라 그런지 사람들이 선호하지 않았다.

구 노인이 링거대를 끌고 밖으로 나간 지 한참이 지났다.

안 노인은 병실이 조용해지자 바람을 쐬고 싶어 했다. 안 노인이 운동을 하느라고 여자와 함께 복도로 나갔다. 두 사람이 나가고 나자 병실이 조용해졌다. 얼마나 지났을까. 기다리던 안 노인의 아들이 드디어 병실을 찾았다. 형제로 보이는 남녀가 함께였다. 그렇게 사정이 많던 자식들이 그날은 웬일인지 한자리에 모인 것이다. 이렇게 시간을 내자면 못 낼 것도 아닌데 그동안 얼굴을 보여 주지 않았다. 자신들이 그동안 왜 병실을 못 찾았는지 구구절절 읊어댔다. 앞으로도 그리 바쁠 거라고, 몸이 아파 못 올 거라며 저마다 한마디씩 했다. 들어보면 다 그만큼의 이유가 있는 듯했다. 집으로 갈 것인가? 요양원으로 갈 것인가를 두고 자식들끼리 설전이 벌어졌다. 재산 받은 아들이 책임지고 돌봐야 한다는 의견과 요양원에 보내야 한다는 의견이 팽팽하게 맞섰다. 커트 머리 아줌마는 안 노인이 원하니까 집에 모셔서 재활을 해야 한다고 말했다. 아직 치료 중이라며 목소리를 높였다. 아들은 손이 많이 간다는 이유로 요양원으로 모시겠다고 했다. 동생으로 보이는 남자는 남의 일처럼 방관하는 태도를 보였다.

"요양원에 모실 거니까 다들 그리 알아."

그때 안 노인이 병실을 들어서다가 그 소리를 들었다.

"싫다. 나는 요양원에 안 간대이."

안 노인의 목소리가 병실 안에 울려 퍼졌다. 그 옆에서 안 노인을 부축하는 여자는 눈이 충혈되어 있었다. 안 노인이 복도 쪽으로 몸을 돌렸다. 어둔한 몸놀림으로 떨면서 뒤돌아섰다.

그때 간호사 두 명이 사망한 환자를 침대에 싣고 복도를 지나갔다. 그 뒤를 아이와 할머니가 따르고 있었다. 설아 씨의 아들이었다. 예전에 병원이 떠나가라고 울던 그 아이였다. 그리고 아이를 돌보던 외할머니……. 설아 씨의 모습은 보이지 않았다. 침대 위에는 흰 천이 덮여 있었다. 설아 씨에게서 나던 로즈메리 향이 희미하게 났다.

너, 괜찮니?

알람 소리에 잠이 깬 나는 옆자리를 더듬는다. 그가 떠나고 혼자 남은 지 3개월째, 베개만 놓인 그의 빈자리가 낯설다. 잠이 깨 의식이 흐린 순간에도 눈으로 실루엣을 그려낼 수 있을 만큼 그의 이미지가 선명하게 떠오른다. 두 손을 겨드랑이에 넣어보았다. 그의 손이 닿았을 때와 달리 감흥이 일지 않았다. 그와 떨어져 산다는 건 미처 생각해 보지 못했다. 그를 위해 새로 장만한 이불은 빨래 건조대에서 말라가고 있었다. 이불이 마르면 하룻밤 덮고 잘 생각이다.

침대 머리맡에 둔 교재를 가방에 챙겨 넣었다. 그가 없는 요즘, 자꾸 무기력해져 가는 자신을 발견한다. 생활비에 대한 부담이 아니라면 며칠 쉴 수 있으면 싶다. 때가 되면 날아오는 고지서들이 나를 짓누른다. 옆방에서 처지는 음악 소리와 함께 수돗물 흐르는 소리가 들리고, 코 푸는 소리, 드라이어 소리가 연이어 났다. 그와 함께 있을 땐 그리 신경 쓰이지 않던 소리가 귀를 예민하게 자극했다. 월세가 싸다는 이유만으로 계약한 원룸은 바로 옆에서 사람이 움직이는 것처럼 미세한 소음까지 그대로 전달됐다. 옆방에서 기침을 하면 바로 옆에 누가 있는 줄 착각하고 놀랄 정도다. 청소기를 돌린다든가 드라이어를 쓸 때면 옆방에서 벽을 탕탕 치는, 꼭 그렇다고 증명할 수 없는 무언의 항의를 받곤 했다. 누군가의 감시 속에 놓인 것처럼 관찰당하는 느낌에 긴장하며 생활하다 보니 자유로운 정신을 갉아 먹히고 있다는 공포감이 엄습해 왔다. 옷을 벗고 욕실로 들어갔다. 물을 튼 지 얼마 지나지 않아 옆방에서 나는 둔탁한 소리를 들었다. 분명히 문을 잠그고 나가는 소리를 들었는데 이상했다. 어쩌면 내 기억 속에 저장된 소리가 자동으로 인출되는 건지도 모른다. 언젠가는 방음이 잘 되는 방으로 옮겨야지. 나는 입술을 잘근 깨물었다.

"사랑합니다."

학생들은 교실 입구를 들어서면서 두 손을 모으고 인사했다. 저런 정도라면 힘들지 않게 지낼 수 있겠다는 안도감이 들었다. 마음속으로 기특하다고 느꼈지만 나는 웃음을 띠지 않고 가볍게 고개를 끄덕였다. 자칫하다간 애들에게 휘둘려 가르치기 힘들어질 수 있다는 소리를 들었던 터라 나름대로 표정 연기를 했다. 정규 수업 시간에 들어가는 게 이번이 처음은 아니었지만, 전공 분야인 중등이 아닌 초등 수업에 들어가기는 처음이었다. 사범대학을 입학했을 때, 가족들은 홍성거리며 축하주를 나누었으나 졸업식 때는 가족 중 아무도 웃지 않았다. 그때부터 시작된 공부는 학교 계약직 강사 일과 나란히 내 이십 대를 차지하였고, 어느덧 나이는 이십 대 끝자락에 이르렀다.

출근하자마자 연구실에 들렀다. 올빼미를 연상시키는 오목한 눈을 가진 학년 주임인 엄 선생, 몸매가 늘씬하고 매력적으로 보이는 2반 선생이 자기소개를 했다. 엄 선생은 성이 엄 씨라서가 아니라 무섭고 엄하다고 애들이 붙여준 별명이었다. 내가 맡은 반은 3반이었다. 내 소개가 끝나자 엄 선생은 나를 보며 여성스럽고 예쁘다며 과도한 칭찬을 늘어놓았다. 그 말에 진실성이 별로 느껴지지 않았지만 나는 미소를 지어 보였다. 말끝마다 칭찬 일색이라 쑥스럽기도 하고, 이렇게 친절한 사람들이라면 짧은 기간이나마 함께 일하는 동료로 손색이 없을 것 같아 긴장된 마음이 스르르 풀렸다. 엄 선생은 애교가 넘치는 목소리로 말을 붙이며 친근감을 표시했다. 다른 선생들도 호기심 어린 얼굴로 나에 대해 뭔가를 캐내려는 듯 여러 질문을 쏟아냈다.

내 인적 사항이 순식간에 드러났다. 학교에서 정규 교사로 일한 적이 없고, 방과 후 강사로 활동 중이며, 연수를 떠난 선생의 자리를 메우는 시간강사. 나이는 29세. 졸업하고 다닌 학교만 해도 여러 곳이었지만 계약직이라 크게 내세울 게 없는 이력을 듣고 난 선생들은 호기심을 잃은 것처럼 질문하는 수가 줄어들었고, 점점 무표정해져 갔다. 심지어 화가 난 건 아닐까 하는 의구심이 들 정도로 시큰둥해 보였다.

피부색이 가무잡잡하고, 또래보다 키가 얼굴 하나만큼 크고, 쌍꺼풀진 눈이 유달리 동그란 남자아이가 사람들의 눈치를 살피며 연구실 문을 열었다. 아이는 종이 한 장을 들고 있었다. 엄 선생은 얼굴이 굳어지며 아이를 옆에 서게 하더니 언성을 높여 나무라기 시작했다. 반성문의 내용이 성실하지 않다는 게 그녀의 주장이었다. 읽을 틈도 없었는데 엄 선생은 다 읽어본 사람처럼 당당하게 말했다.

남자아이는 전에 있던 학교에서 한 친구와 싸움이 붙었는데 싸우는 과정에서 머리가 찢어지는 사고가 났다. 머리를 다친 친구는 반장을 맡고 있었고 소문난 모범생이었는데, 친구들이 남자아이를 많이 따르자 자신의 물건을 훔쳐갔다고 거짓으로 남자아이를 모함한 바람에 싸움이 벌어졌다. 옆에 친구들이 있었지만 아무도 싸움을 말리지 않았다. 힘이 센 애와 모범생 중 어느 편도 들기가 애매했던 것이다. 그 일로 학부모가 찾아와서 학교 폭력으로 신고를 했다. 결국은 이 학교로 강제 전학을 오게 됐는데 그 벌로 정해진 시간만큼 봉사를 하고 상담을 받아야 했다. 뭐가 그리 불만인지 엄 선생은 아이에게 심하다 싶을 정도로 짜증스러운 말투로 나무랐다. 한참을 그러더니 신경질적으로 그만 가보라고 했다. 아이는 기가 죽은 표정으로 건성으로 대답하더니 연구실을 빠져나갔다.

남자아이는 방과 후 강좌에서 서너 번 만난 적이 있었는데 실제로 수업을 들으러 잘 오지 않았다. 상담을 받거나 정해진 활동이 있어서이기도 했고, 친구를 좋아해서 빠지는 경우도 있었다. 첫 수업이 있던 날, 아이를 데리러 반에 갔을 때였다. 오늘 안 갈 거예요. 구릿빛 얼굴에 내 키보다 좀 더 자란 아이는 짜증 섞인 목소리로 말했다. 초등학교 4학년의 말투라기엔 반항적이었다. 너 같은 애를 가르치고 싶진 않다는 생각과 함께 가슴이 벌렁거렸다. 관심조차 주기 싫었던 그 애가 하루는 제 발로 찾아왔다. 친구를 기다리는데 공부하고 가려고요. 아이는 처음 만났을 때보다 예의를 갖추고 말했다. 공부와 거리가 멀 것 같던 그 아이는 한 시간 동안 집중력이 흐트러지지 않은 채 수업을 받았다. 아이가 푼 문제는 실수로 틀린 문제 빼고는 다 맞았다. '학교 폭력으로 전학 온 애'라는 별명이 붙어 있어 그동안 얼마나 선입견을 품고 내 의식이 그 애를 과대하게 나쁜 쪽으로 포장했는지 알 수 있었다. 그날 예의 바르던 모습을 떠올리며 누군가를 가르친다는 건 쉽지 않은 일이라는 생각을 했다.

학생들 급식 지도를 하고 연구실에 들렀다. 2반 선생은 여느 때처럼 블랙커피를 타고 있었고, 엄 선생은 학부모가 사줬다는 홍삼차를 우려내는 중이었다. 엄 선생 앞에는 휴대폰이 놓여 있었다. 다른 선생과 달리 항상 휴대폰을 달고 다녔다. 엄 선생 반 아이가 연구실 문을 열고는 학급에 일어난 문제점에 관해 얘기했다. 엄 선생은 그 말은 들은 척도 않고 엉뚱한 말을 했다. 선생님께 '사랑합니다'라는 말을 다섯 번 하고 가라고 했다. 아이는 말없이 눈을 둥그렇게 뜨곤 실망하는 표정으로 문을 닫고 나갔다. 쉬는 시간에는 좀 쉬게 두지. 엄 선생은 심드렁한 얼굴로 내뱉고는 언제 그랬느냐는 듯 이내 눈을 초승달 모양을 하고는 수다를 떨기 시작했다. 그럴 땐 작은 눈을 더 가늘게 모으곤 했다.

메신저로 미술 대회에 대한 계획을 받은 게 생각나서 엄 선생에게 물었다.

"학급에서는 미술 대회를 언제 하면 좋을까요?"

"아직 일정에 여유가 있어 천천히 해도 돼요."

엄 선생의 대답에 2반 선생이 고개를 갸웃거리며 담당 선생이 일찍 마감한다고 한 이유는 뭔가 사정이 있어서일 거라고 말했다.

"저도 이번 주까지 명단을 보내라는 내용을 읽었어요."

2반 선생에 동조하는 내 말에 엄 선생은 눈이 더 오목해져선 나를 쏘아보았다. 낯빛이 파랗게 질려 입을 꾹 다물었다. 갑작스러운 반응에 나는 무슨 말을 해야 할지 몰라 안절부절못했다.

예상을 전혀 못 했는데 몇 명의 아이들이 신호등이 있는 곳까지 마중을 나왔다. 건너편에서 아이들이 손을 흔들었다. 아이들의 미소가 아침 햇살 속에서 환하게 빛났다. 내가 다가가자 아이들은 양쪽에서 내 손을 잡았다. 보드라운 감촉이 느껴졌다. 말을 안 듣기도 하고 말썽을 피우기도 하는 녀석들이 이렇게 작고 여린 손을 가졌다는 게 믿기지 않았다. 가슴이 뭉클해진 나는 아이들의 손을 꼭 잡았다. 조잘대는 아이들의 목소리가 숲 속 참새들이 재재거리는 소리처럼 들렸다. 교문을 들어서는데 남자아이가 교실 창가에 서서 우리를 내려다보고 있었다. 3층에 선 아이가 혹 바깥으로 떨어지는 건 아닌가 하는 불안감이 몰려왔다. 나는 급히 손을 흔들어 주었다.

교실을 들어서는데 창틀에 놓인 화분들이 눈에 들어왔다. 담임이 내일 물을 주라고 한 날인데 화초의 끝부분이 이미 시들했다. 그 밑으로 번호를 매긴 사물함들이 줄을 서 있었다. 컴퓨터 모니터가 놓인 책상 아래에 가방을 놓으려고 몸을 구부렸다. 담임 선생이 쓰던 휴지통에 쓰레기가 가득 들어 있었다. 고개를 들려고 하는 순간 퀴퀴한 냄새가 피어올랐다. 어제는 그 자리에 휴지통이 있는 줄도 모르고 하루가 지나갔다. 아침 독서 시간이라 학생들은 책을 읽고 있었다. 어떤 학생은 책에 빠져 읽고, 어떤 학생은 주변을 살피느라 집중을 못 하였다. 정해진 책보다 책꽂이에 꽂힌 다른 책을 읽고 싶어 하는 학생도 있었다. 줄을 서서 학생들의 손길을 기다리는 책들은 첫날보다 흐트러진 상태였다. 삐죽 튀어나온 책처럼 내 마음도 흩어져 뒤숭숭했다.

검정 표지로 묶은 시간강사 지도 내용 서류철을 꺼냈다. 시간마다 어떤 과목을 어떻게 지도했는지 기록해서 매일 결재를 맡게끔 했다. 정규 선생님들은 하지 않는 일이다. 쉬는 시간마다 잊지 않고 기록해야 하는 게 성가셨다. 나의 위치를 잊지 않게끔 인식시켜 주는 서류철을 물끄러미 바라보았다. 표지에 바탕체로 인쇄된 제목은 내게 강박관념을 불러일으켰다, 오늘도 양식의 빈칸에 적을 만한 것을 가르쳐야 한다는.

1교시 수업을 하고 있을 때였다. 집중을 못 하는 학생이 앉아 있는 교실 한가운데쯤에 서서 목청을 돋우어 설명에 열을 올렸다. 그 애는 연필심을 지우개에 끼워 넣은 것을 짝의 얼굴에다 들이대며 키득거렸다. 유달리 통제가 안 되는 학생이었다.

"김주은 선생님, 수고 많으십니다."

깜짝 놀라 고개를 들었다. 교감이 뒷문 쪽에서 능글맞은 웃음을 띠고 서 있었다. 나는 얼굴이 화끈거렸다. 억지로 웃어 보이고 수업을 계속했다. 좋은 뜻에서 한 일이라는 건 알겠지만 수업 중에 불쑥 끼어들어도 되는 건지. 계약서를 적는 날 유난히 자상하게 굴고, 내 어깨를 토닥이며 격려를 해주던 교감이다. 가까이서 본 그의 얼굴은 매끈하게 면도된 사각 턱에 푸르스름한 흔적이 구레나룻까지 번져 있었던 게 기억났다.

점심시간에 선생들이 한자리에 모였다. 2반 선생은 진한 블랙커피를 홀짝였고, 나는 커피포트에 남은 물을 컵에 마저 따랐다. 옆으로 일회용 컵이 쌓여 있고, 물잔 속에 스푼이 꽂힌 아래로 뿌연 갈색 물이 담겨 있었다. 바닥에는 이번 대회에서 사용하고 남은 도화지 뭉치가 덩그러니 놓여 한쪽을 차지하고 있었다. 엄 선생은 배시시 웃으며 알록달록 잘 포장된 마카롱 상자를 탁자 위에 올려놓았다. 학부모가 사 왔다고 자랑삼아 떠들면서 선생들에게 하나씩 나눠줬다. 다른 선생에게 다 나눠주고는 자신의 비닐 포장을 뜯기 시작했다. 내겐 주지 않고 빨간 마카롱을 한입 베어 물고 우물거렸다. 잇새에 마카롱이 낀 줄도 모르고 계속 말을 했다. 먹고 싶은 생각은 없었지만 내심 기대를 한 터라 당혹스러웠다. 내가 마카롱을 먹어야 할 당위성은 없었지만, 분위기상 한 개를 얻어먹어야 자연스러울 거였다. 엄 선생은 능청스럽게 얘기에 집중하고 있었다. 입가에 조소가 서려 있는 듯했다. 한참 모래성을 쌓고 있는데 함께 놀던 아이들은 사라지고 혼자 모래성벽을 고르고 있던 적막한 놀이터 정경이 떠올랐다. 주변은 어스레한 어둠 속에 빠져들고 있었다. 나뭇가지를 흔들며 스쳐 지나가는 바람 소리에 그만 울음이 터져 나왔던 그때의 감정이 되살아났다.

엄 선생의 행동으로 속이 상한 나는 탁자에 놓인 화분의 국화잎을 뜯고 있었다. 2반 선생이 콕콕 마른기침을 했다. 선생들은 말을 많이 하다 보니 목에 무리가 가는 경우가 많았다. 서름한 맘을 들키고 싶지 않아 나는 2반 선생에게 말했다.

"물 드릴까요?"

2반 선생은 내 말을 들었는지 말았는지 아무런 반응을 하지 않고 일어서더니 자신의 컵에다 물을 따라 두어 모금 마셨다. 시선은 엄 선생에게 고정한 채였다. 다른 곳을 쳐다보는 2반 선생의 눈길을 붙들고 싶었지만 끝내 나를 보지 않았다. 2반 선생의 태도에 나는 머쓱해져서 손으로 머리카락을 귀 뒤로 넘겼다. 어디론가 숨고 싶은 심정이었다.

연구실 문이 열리고, 우리 반 학생 한 명이 얼굴을 빼꼼 내밀었다. 몇몇 애들이 컴퓨터를 만진다며 내게 일러주러 온 것이다. 썰렁한 분위기를 견디기 힘든 차에 미련 없이 그 자리에서 일어났다. 교실에 가니 학생들 몇 명이 칠판 앞에서 장난을 치고 있었고, 컴퓨터 주변에는 대여섯 명이 모여 웅성거렸다. 컴퓨터 화면을 켜보았으나 아무런 반응이 없었다. 애들이 어떻게 만졌는지 화면이 켜지지 않고 컴컴했다. 선은 정상적으로 연결되어 있는데 원인을 찾을 수가 없었다. 모니터가 켜지지 않으면 수업 진행에 애로가 많았다. 돌덩이가 가슴을 짓누르는 것처럼 숨이 막혀 왔다. 초조한 마음으로 다시 연구실로 갔다.

"컴퓨터 화면이 나갔는데 어디에 연락해야 하지요?"

엄 선생은 나를 쳐다보지 않았고, 2반 선생은 엄 선생의 얼굴을 살피곤 입만 달싹일 뿐 아무 말도 하지 않았다. 엄 선생에게 잘못한 일도 없는데 내 앞에서 펼쳐지는 상황이 이해가 되지 않았다. 남자아이에게 무서운 얼굴로 짜증을 내며 타이르던 엄 선생의 모습과 선생들 사이에서 웃고 있는 모습이 오버랩 되어 떠올랐다. 나는 연구실을 나와 복도 창틀에 기대어 섰다. 머리가 지끈거리며 아팠다. 차들이 지나다니는 도로 옆으로 노란 은행나무 가로수가 매연을 견디며 줄지어 서 있었다.

건조한 바람이 볼을 스친다. 말간 햇살이 내리쬐는 벤치에 앉아 밀려오는 강바람을 맞으며 하늘을 본다. 코발트색 하늘에는 자그마한 구름 한 조각이 솜사탕처럼 걸려 있다. 은행잎 하나가 난다. 날개를 팔랑거리는 노랑나비처럼, 날렵한 그의 몸짓처럼 가볍게 내 무릎 위에 내려앉는다. 바닥에는 은행잎이 양탄자를 깔아놓은 듯 수북이 쌓여 있다. 한참을 낙엽 더미 속에 쪼그리고 앉았던 그는 은행잎을 주워 모아 꽃다발 모양으로 묶어서 내민다. 은행잎이 햇살을 받아 금빛으로 빛난다. 강물 위에 붉은 노을이 내릴 때까지 그가 했던 것처럼 나는 은행잎을 줍는다. 갈잎을 뜯어 묶는다. 내가 들고 있는 은행 다발을 보며 그가 웃는다. 짙은 속눈썹 아래에서 촉촉하게 빛나는 눈, 왼뺨에 난 점, 단단한 허리, 예전 모습 그대로다. 은행 다발을 건네는 순간, 그의 모습은 사라져 버리고 빈 벤치만 남는다.

시선을 거둔 나는 교무실을 향해 이어진 복도를 터벅터벅 걸었다. 아무도 없는 복도에는 발걸음 소리만 크게 들렸다. 교무 보조 선생은 오늘은 담당자가 안 오는 날이니 홈페이지에 고장 신고를 올려두라고 했다. 선생들은 이렇게 간단한 일을 큰 비밀이라도 되는 것처럼 쉬쉬했다.

"미술 대회에서 상 받을 사람, 대회 내보낼 사람 따로 할 계획이에요."

"그래도 돼요?"

"아무 상관없어요."

엄 선생과 2반 선생이 미술 대회에 관해 이야기를 나누는 중이었다. 나는 자제력을 잃고 끼어들었다.

"그건 아닌 것 같아요. 잘 그린 학생에게 상을 줘야죠."

엄 선생은 정색하고 나를 쳐다봤다. 그리곤 피식 웃었다. 빈정거리는 듯한 표정이었다. 엄 선생의 말은 오전에 우리 반 학생들의 미술 대회 시간을 떠올리게 했다. 대회라는 말 한마디에 손이 시커멓도록 색칠을 하던 아이들의 진지한 모습이 생각났다. 미세한 부분까지 스케치하고 색칠하던 손놀림이 눈앞에 아른거렸다. 굳이 나는 엄 선생처럼 할 필요가 없었다. 있는 대로 보고 보이는 대로 평가해서 명단을 넘겼다. 상을 받을 만하고 대회에 나가서도 그림을 잘 그릴 수 있는 학생의 작품을 뽑았다. 그림을 그리는 과정과 태도, 완성된 그림을 살피면 충분히 알 수 있었다. 엄 선생은 내 눈길을 피하며 2반 선생과 미술 대회에 대한 얘기를 나누었다. 옆에 앉아 있던 나는 얼굴이 굳어졌다. 교감에게 이 사실을 알려야겠다는 생각이 들었다. 투서라도 넣고 싶은 심정이었다.

열쇠로 잠그는 문을 디지털 잠금장치로 착각하고, 자는 그를 남겨둔 채 그냥 출근했다. 우리 둘이 함께 있으면 더 불행해져. 나를 생각해서 하는 말인 줄 알았지만 듣고 싶지 않았다. 그는 내 맘과 상관없이 잊을 만하면 녹음기처럼 그 말을 되뇌곤 했다. 퇴근하고 한참이 지나도 그는 오지 않고, 연락조차 되지 않자 나는 해괴망측한 상상에 시달렸다. 면접에서 스무 번도 더 떨어졌다는 그는 세상과 담을 쌓고 공부에만 매달렸다. 지극히 현실적인 나에 비해 그는 그만의 성을 높이 쌓아갔다. 세상에는 필요가 없는 오래된 성, 그가 쌓은 성은 어쩌면 석조 건물처럼 견고했지만 아무도 궁금해 하지 않고 들여다보려 하지 않는 것 같았다. 면접관에 따라 그는 안이라도 바깥이 될 수 있었을지도 모른다.

별다른 직장 없이 도서관을 오가던 그가 9개월 전에 한 회사에서 임시직 사무원으로 일을 했다. 부장은 정규직으로 바꿔 주겠다고 약속했다. 많은 일을 시키는 것도 부족해 그에게 스킨십을 자주 했다. 남겨서 일을 시키면서 계획적으로 접근했다. 그는 그런 수모를 참고서라도 정규 직원이 되고 싶어 했다. 나는 그에게 그만두라고 잔소리를 했다. 지칠 때까지 싸우고도 모자라 잠들려는 그를 향해 못난 사람이라고 독설을 날렸다. 그러면서도 아침이면 출근을 서두르는 그를 마중하는 일을 반복하였다. 뾰족한 대안을 찾지 못한 우리는 안정된 직장을 가진 사람들 틈서리에 끼고 싶어 하는 주변인이었는지도 모른다.

엄 선생은 상 받을 사람과 대회 나갈 사람의 명단을 따로 작성해 들고 있었다. 대회 나갈 사람 명단의 끝에 남자아이의 이름이 보였다. 그 애가 커서 화가가 되겠다는 말을 자랑스럽게 내게 한 적이 있었다. 엄 선생이 고민 없이 뽑아온, 흰 여백이 듬성듬성 보이고 꼼꼼하게 색칠이 되지 않은, 솜씨가 시답잖은 그림들을 뚫어지게 쳐다보았다. 저 그림들에 상을 줄 수 없다는 생각이 머릿속을 헤집었다.

연구실을 빠져나온 나는 교무실에 가서 직접 얘기할까 하는 생각이 들었으나 괜히 껄끄러울 것 같았다. 교실에서 교감에게 메신저를 보냈다.

"안녕하세요? 시간강사 김주은입니다. 이런 말씀드리기 조심스럽지만 4학년 1반에서 상을 주고자 하는 그림들은 색칠도 제대로 안 돼 있어 대상이 아닌 것 같습니다. 공정하게 평가해서 피해를 보는 학생이 없었으면 합니다."

마우스 위에 집게손가락을 얹은 채로 잠깐 멈추었다가 보내기를 클릭했다. 손가락에 힘이 빠지는 것 같았다. 아이들이 빠져나간 텅 빈 교실에는 휴지가 곳곳에 떨어져 있었고, 연필과 지우개도 군데군데 보였다. 나는 자리에서 일어나 그것들을 정리하고, 청소기를 돌렸다. 먼지가 잘 빨리지 않아 청소기 뚜껑을 열었다. 필터에 많은 찌꺼기가 붙어 있었다. 나는 맨손으로 그것을 끄집어내었다. 먼지 덩어리와 엉긴 찌꺼기가 한 뭉치가 되어 떨어지지 않았다. 구역질이 올라왔다.

조금씩 떼어낸 쓰레기 뭉치를 한곳에 모아 버렸다. 다시 해 보니 청소기가 잘 돌아갔다. 책상 밑에서 냄새를 풍기던 휴지통도 말끔히 비우고, 시들어가는 화분에도 물을 주었다.

피곤함이 느껴져 의자에 잠깐 앉아 숨을 돌렸다. 아이들을 가르치는 시간 틈틈이 여러 선생이 보내온 메신저를 확인하고 그에 대한 답변을 해줘야 했다. 단순히 애들을 가르치는 방과 후 수업과는 달리 처리해야 할 일이 많았다. 예상치 않았던 일이 수시로 일어났다. 어떤 어머니는 등굣길에 애가 넘어졌다는데 학교에 도착하면 보건실에 보내라는 부탁 전화를 걸어왔고, 어떤 애는 칼에 손을 베어서 피를 흘리며 나를 찾아 왔다. 하루에 대여섯 명 이상 보건실로 데려갔다. 학생들은 서로가 자신의 말을 들어 달라고 목소리를 높였다. 그날만 해도 십여 차례의 고자질을 들었고, 그에 따른 변명을 듣고 꼭 공정하다고만 할 수 없는 판정을 내렸으며, 까부는 학생에게 벌을 줬고, 그 학생에게 '왜 나만'이라는 항의를 받기도 했다. 정규 수업 후에 방과 후 수업까지 하다 보니 목은 자주 잠겼고 입안은 건조해졌다.

정리를 마치고 연구실을 들어섰을 때, 엄 선생은 휴대폰을 쳐다보며 뭔가에 열중해 있었다. 자세히 보니 게임을 하느라고 정신이 팔려 있었다. 평소에도 게임을 하다가 수업 시간에 늦게 들어가는 날이 많았다. 게임 성적에 따라서 엄 선생은 표정이 밝아졌다가 어두워졌다 했다. 오늘은 표정이 어두운 것이 게임에서 좋은 성적을 못 낸 모양이었다. 엄 선생은 뭔가 시빗거리가 없는지 살피는 사람처럼 나를 힐끗 쳐다봤다. 연구실이라는 말과 가장 어울리지 않는 모습을 한 엄 선생은 내가 쳐다보자 눈을 피하며 모른 척했다. 조금 전에 어두웠던 표정은 잠시, 옆에 선생들에게 눈웃음을 지으며 수다를 떨기 시작했다. 그녀 옆으로 몇 명의 선생들이 모여 있었다. 학생들 앞에서는 딱딱하게 표정이 굳어지는 그녀가 연구실에서는 제일 많이 풀어졌다. 가르치는 일이 재미없다고 푸념하던 그녀는 학부모의 선물을 자랑삼아 내놓거나 공짜로 생긴 물건을 챙기는 일에 재미를 붙이는 듯했다.

"선생님, 교감 선생님께서 부르세요."

2반 선생이 연구실을 들어서며 말했다. 엄 선생은 귀찮은 얼굴로 일어났다. 나는 가슴이 두근거리며 긴장이 되었다. 엄 선생보다 먼저 연구실 문을 나서 교실로 돌아왔다.

퇴근하는 길에 연구실에 들렀는데 엄 선생과 눈이 마주쳤다. 묵례를 하는 내게 엄 선생은 쓴 약을 삼킨 듯한 얼굴로 찬바람을 일으켰다.

"선생님은 이 일이 적성에 안 맞나 보군요."

엄 선생이 뜬금없이 한마디를 던졌다. 2반 선생에게 애들 때문에 힘들다는 말을 한 적은 있지만, 적성에 안 맞는다는 말을 한 적은 없었다. 엄 선생 주변에 선생들이 모여 있었다. 엄 선생은 도끼눈을 뜨고 한심하다는 표정으로 나를 노려보았다. 그나마 평소에 그럭저럭 대해주던 2반 선생도 냉정한 얼굴로 나를 쳐다봤다. 그녀는 중요한 시점에 항상 엄 선생의 편이 되었다. 나와 같은 나이지만 서로 처지가 달라 친구처럼 지내지 못했다. 선생들의 눈이 내게 집중되었다. 교감에게 한소리를 들은 엄 선생이 선생들에게 얘기를 한 모양이었다. 어쩌면 내가 연구실에 들어서는 순간까지 내 얘기를 하고 있었는지도 몰랐다. 냉정한 눈빛 속에서도, 상을 공정하게 줄 수 있겠지 하는 한 가닥 희망만이 위안을 줬다.

학교를 나서는 발걸음이 무거웠다. 견고한 콘크리트 기둥이 양쪽으로 버티고 있는 교문은 그날따라 내 마음을 더욱 짓눌렀다. 학생들 틈 속에서 바쁜 하루를 보냈는데 처음 해보는 업무에 대한 부담감과 선생들의 외면으로 심리적 피로감은 더했다. 석양이 아파트 외벽을 주황빛으로 물들였다. 생각이 정지되는 것 같았다. 나를 바라보던 선생들의 눈빛이 여러 개로 분열되어 내게로 쏠리는 환영에 시달렸다.

그는 사람들이 보내는 의혹의 시선을, 홀로인 그 시간을 어떻게 견뎠을까? 부장은 검은 손으로 그의 귀를, 턱을, 가슴을 은밀하게 쓰다듬었다. 안정된 직업을 가지려고 부장의 추태에 침묵을 지키던 그는 분노가 치밀어 감사실에 투서를 넣었다. 신고를 받은 직원은 조사 후에 연락하겠다고 했다. 며칠이 지나도 감사에 관한 소식은 없었다. 부서 회식이 있었는데 부장은 일찍 술에 취했다. 2차로 옮기기 전에 부장은 취해서 좀 자고 가야겠다며 그에게 인근의 모텔로 가자고 했다. 비틀거리는 부장을 방에 데려다주고 나오려는 찰나였다. 부장이 그의 손을 우악스럽게 잡았다. 그동안 술에 취해 늘어져 있던 모습과는 대조적이었다. 부장은 그에게 정규직원이 되게 해주겠다면서 섹스를 요구했다. 그가 싫다고 했지만, 부장은 막무가내였다. 부장이 자신의 넥타이를 풀어헤쳤다. 그의 얼굴을 만지고 입술을 더듬었다. 그를 껴안은 부장은 입을 맞추고, 맹렬하게 혀를 밀어 넣었다. 그 순간 그는 부장의 물컹한 혓바닥을 깨물었다. 부장의 비명과 동시에 입에서 벌건 피가 흘러나왔다. 그는 부장을 둔 채 그대로 방을 뛰쳐나갔다.

그날 밤 만취해 들어온 그는 '부장 새끼'라고 하며 여러 번 욕을 내뱉었다. 야윈 그의 얼굴은 LED 형광등 불빛 아래에서 창백했다. 나와 같은 공간에서 숨을 쉬고 있었지만, 눈의 초점을 잃고 다른 세계에 있는 듯한 그를 물끄러미 쳐다보았다. 나는 오랫동안 그의 눈을 응시했다. 그의 입에서는 알코올 냄새가 났고, 거친 숨을 몰아쉬었다.

이튿날 퇴근할 시간이 지나도 그는 오지 않았다. 그의 소식은 사흘이 지난 뒤에 뜻밖에도 경찰서에서 연락이 와서 듣게 되었다. 경찰이 집까지 와서 그를 연행해 간 것이다.

집으로 간다는 게 두려웠다. 그의 부재를 인식한다는 건 고통이었다. 그와 함께 산책하던 강변을 향했다. 생각이 그에게 고여 한 발짝도 나아가지 못했다. 머리가 지끈거리며 아팠다. 아이들은 자전거를 타고 까르르 웃으며 지나갔고, 젊은 연인들은 몸을 밀착해 걸었다. 늦가을의 차가운 바람에 갈대는 갈색으로 변해 있었다. 은행잎이 물들 때면 황금 동굴처럼 화사한 산책길이었다. 후드득, 가로수에서 바람을 타고 은행잎이 미끄러져 내렸다. 찬바람을 버티며 매달려 있던 샛노란 잎사귀는 한순간에 맥없이 떨어져 내렸다. 잎이 떨어진 가지에는 차가운 기온에도 탈색되지 않는 그리움의 잔영이 어린다. 깃털 모양으로 붉게 타던 놀은 보랏빛으로, 잿빛으로, 검회색으로 서서히 바뀌었다. 검회색 하늘은 그가 즐겨 입던 라운드 티셔츠의 색과 비슷했다. 화려하던 물빛은 그의 검푸른 눈동자처럼 짙게 어두워져 갔다. 그가 없는데도 시간은 흐르고 있었다.

희미한 조명이 차례대로 깜박 켜졌다가 꺼지는 좁고 긴 복도를 걸었다. 내 방은 양쪽으로 네 개의 출입문을 지난 끝자락에 있다. 누군가의 청각을 괴롭힐지도 모르는 또각거리는 내 구두 소리가 신경 쓰였다. 그가 없는 방에 들어간다는 게 내키지 않았다. 방으로 들어서는데 하수구 냄새가 코를 찔렀다. 환기가 잘 안 돼 방향제를 놓아둬도 외출해서 들어오면 악취가 났다. 침대 위에는 이불이 흩어져 있었고, 며칠간 털지 않아 긴 머리카락이 여기저기 붙어 있었다. 바닥에는 먼지와 이물질이 쌓인 그대로였다. 그가 떠난 뒤로 청소를 거의 하지 않았다는 기억이 났다. 그에게 쏠린 생각은 현실적으로 해야 할 일들을 미루게 했다. 이불을 들고 좁은 베란다로 나갔다. 나는 창틀에 올라섰다. 이불을 털었다. 모든 찌꺼기를, 먼지를, 생각을 털어내고 싶었다. 몸을 숙인 순간 이불의 무게에 몸이 기우뚱했다. 블랙홀처럼 길고 깊숙하고 검은 허공이 내 앞에 펼쳐졌다. 그것은 빙글빙글 돌고 있다. 검은 구멍 속으로 빨려 들어간다. 원통형으로 뻗은 공간을 끝없이 내려간다. 어머니 자궁 안을 헤쳐 나오는 순간처럼 모든 것은 미지의 세계로 이어져 있다. 그가 보인다. 휘청하는 순간, 나는 다리에 힘을 주며 이불을 끌어당겼다. 이불을 놓아버리면 될 텐데 무게를 못 이겨 이불과 함께 떨어진 할머니 얘기가 생각나 팔에 소름이 돋았다.

침대 위에 까는 이불을 폈다. 보송보송하게 마른 그의 이불을 위에다 올려놓았다. 나는 이불 안으로 들어가 누워보았다. 데워지지 않은 이불의 감촉이 차가웠다. 그와 함께 나란히 누웠던 시간이 다가왔다. 이불을 끌어당겨 뒤집어썼다.

미술 대회 수상자 명단을 보고 나는 할 말을 잃었다. 엄 선생이 그때 뽑은 학생들의 이름이 번듯이 올라와 있었다. 엄 선생은 야릇한 미소를 띤 채 나를 힐끗 쳐다봤다. 여유롭고 의기양양한 표정이었다. 낯설고 어색한 상황을 참으며 바로잡아 보려 했던 나의 바람은 부질없는 것이 되고 말았다. 이건 아니라는 생각이 머릿속을 감돌았다. 나는 엄 선생이 들고 있는 명단과 상장을 가로챘다. 엄 선생이 놀란 올빼미 눈을 하고 쳐다보는 가운데, 내가 상장을 찢기 시작했다. 2반 선생이 입을 동그랗게 벌리고 앗, 하며 외마디 소리를 질렀다. 엄 선생이 달려들어 상장을 다시 뺏으려고 했지만 나는 손아귀에 힘을 준 채 상장을 마저 찢었다.

"이런 상장 따윈 없어져야 해요!"

"오늘 조례 때 상장을 줘야 하는데 무슨 짓이에요?"

나는 상장을 연구실 바닥에 휴지 조각처럼 흩어버렸다. 햇살이 창을 넘어 들어왔다. 그 가운데 홀로 선 나는 이방인이 된 듯 선생들의 멸시 어린 눈길을 견디고 서 있었다. 엄 선생이 부리나케 연구실을 빠져나가고, 선생들도 자기네들끼리 뭐라고 숙덕거리며 하나둘 어디론가 가버렸다. 나는 혼자 남았다.

상장이 없으면 조례는 진행될 수가 없다. 정신이 드니 그 일이 걱정되기 시작했다. 시간은 초조하게 흘렀다. 얼마 안 있어 나는 교무실로 호출되었다. 남자아이가 교무실 탁자 한 쪽에 앉아 뭔가를 적고 있었다. 엄 선생에게 다 들었어요. 교감은 가라앉은 목소리로 내가 물의를 일으켰다는 이유로 계약을 해지하겠다고 했다. 나는 무슨 말을 어떻게 해야 할지 막막했다. 잘못된 걸 바로잡고 싶었다고만 말했다. 굳은 표정을 한 사람들 속에서, 사방이 벽으로 둘러싸여 어디로도 빠져나갈 수 없는 감방 안의 죄수같이 서 있었다. 교감은 아이에게 반으로 돌아가라고 했다. 아이는 일어서서 문밖으로 나가면서 나를 힐끗 돌아다보았다. 교감은 부드러운 얼굴로 처음 본 그날처럼 미소를 지었다. 잘 가요. 그 순간 깔깔대는 엄 선생의 모습이 떠올랐다. 나는 얼굴이 굳어진 채 뒤돌아섰다.

해바라기 같은 미소로 아이들이 등교하고 있었다. 수많은 해바라기가 줄지어 들어왔다. 나는 아이들 사이를 비집고 무작정 달려갔다. 익숙한 목소리가 나를 불렀다. 나를 보면 몰려와서 손을 잡곤 하던 아이들과 인사라도 하고 싶었지만 나는 그대로 달렸다. 학생들이 부르는 소리를 뒤로하고 교문 밖으로 뛰쳐나갔다.

"선생님!"

뒤에서 누군가 나를 부르는 굵직한 목소리가 들렸다. 일찍 변성기가 찾아온 남자아이는 큰 키에 어울리지 않게 울 것 같은 표정을 짓고 있었다.

"아까 다 들었어요. 안 가시면 안 돼요?"

"정훈아, 미안해. 또 만날 수 있을 거야. 그때까지 잘 버티기다."

남자아이는 힘없이 고개를 끄덕였다. 어깨가 축 늘어져 우울해 보였다. 나는 아이를 안았다. 아이의 눈에 눈물이 어려 있었다. 나는 뒤돌아서 뛰기 시작했다. 신호등이 흐릿하게 꺾여 보였다. 내 눈에도 눈물이 흘러내렸다. 높은 구두를 신어서 몸이 휘청댔다.

원룸에 들러 그에게 가져갈 이불을 챙겨 들었다. 그가 좋아하는 향수를 뿌려두어서인지 장미 향이 바깥으로 새어 나왔다. 이불을 끌어안고 잤던 지난밤의 열기가 남아 있는 듯했다.

찬바람이 분다. 마른 낙엽이 보도 위를 구른다. 구치소로 이어지는 길은 한참 동안 오르막이다. 그를 위해 준비한 겨울 이불이 제법 무거워 몸이 한쪽으로 자꾸 기운다. 길 끝자락에 건물의 상단부가 보인다. 그가 먼저 지나간 오르막길을 다리에 힘을 주며 오른다.

빈 집

등대는 언덕 끝에 위태롭게 서 있다. 현수는 고깃배를 타고 엄마가 있는 섬으로 가는 중이었다. 배가 엔진 소리를 내며 파도를 가로질러 미끄러졌다. 습한 바람이 물보라가 들이치는 뱃머리에 눅눅한 기운을 몰고 왔고, 비릿한 바다 냄새가 콧속으로 파고들었다. 현수의 머리카락이 배의 뒤쪽으로 휘날렸다. 시퍼런 바닷바람을 실은 배는 선착장에 현수를 가까스로 내려두고 멀어져 갔다. 현수는 눈을 가늘게 뜨고 의미심장한 표정으로 섬 집을 올려다보았다. 녹음이 우거진 숲길 끝자락에 자리 잡은 유달리 작은 집 한 채.

코가 닿을 듯이 가파른 시멘트 포장길을 따라 언덕배기에 있는 섬 집으로 올라갔다. 길가에 훌쩍 자란 나무들이 군데군데 길 쪽으로 고개를 내밀고 있었다. 그새 울창한 숲으로 변해 으쓱한 분위기를 자아냈다. 칠이 벗겨진 파란색 철대문은 굳게 닫혀 있었고, 집 안에는 사람의 기척이 없었다. 현수는 대문 밑으로 손을 넣어 잠금장치를 옆으로 밀었다. 부스러기가 바닥으로 떨어져 내렸다. 녹이 빽빽하게 슬어 잘 밀리지 않았다. 현수의 턱 밑으로 땀이 흘러내렸다. 몇 번의 시도 끝에 겨우 문을 열고 조심스레 문턱을 넘었다. 문 옆 수돗가의 시멘트 바닥은 바짝 말라 회백색을 띠었다. 지붕 위에 군데군데 무리 지어 자란 강아지풀 사이로 한줄기 바람이 훑고 지나갔다. 초록 모자를 뒤집어쓴 섬 집은 현수를 밀어내듯 적막한 기운이 감돌았다. 휴대폰이 짧게 울렸다. 바지 주머니에 손을 넣으려다 문자가 오는 신호라 그대로 두었다. 현수는 뒤돌아서서 대문 밖에 펼쳐진 바다를 망연히 바라보았다.

쿠아아아 철썩…….

"뭍에 나가 색싯감 구해 오너래이, 그카자면 일자리는 꼭 있어야 된대이."

선착장에서 현수를 배웅하던 엄마의 목소리가 파도 소리에 섞여 귓전을 맴돌았다.

넉 달 전이다, 시내에 친구를 만나러 갔다가 젊음의 거리에서 기태와 마주친 때가. 검정 양복을 빼입은 기태는 자신감이 넘쳤고, 자기 사무실에 한번 들르라며 명함을 건넸다. 사각형의 명함에는 기태의 사무실 주소 첫머리가 부산이라고 찍혀 있었다. 명함 속의 기태는 활짝 웃고 있었다. 기태는 친구가 소개해 준 일 때문에 이곳에 들렀다고 했다. 고향 선배인 그는 시간 나면 꼭 찾아오라며 현수의 손을 덥석 잡았다. 현수는 엷은 미소를 띤 채 고개를 주억거렸다.

현수가 근무하는 자동차 부품 공장에서 본사로 견학하러 가게 되었다. 본사 측의 배려로 공장 안을 구경할 기회가 생긴 것이다. 현수가 다니는 공장에서 만드는 부품이 차체의 어떤 부분에 들어가는지 보여주고, 그 역할에 대해 자세한 설명을 들을 수 있었다.

"작은 부품 하나라도 차를 만드는 데는 빠지면 안 돼요."

본사 담당자는 얼굴이 희고 세련된 옷차림으로 도회지 사람 같았으나 손은 마디지고 투박했다. 사람들의 얼굴에서 자부심이 묻어났다. 본사가 바닷가 쪽에 있어서 돌아오는 길에 해변을 둘러보기로 했다. 어둑한 포구에는 배들이 줄지어 정박해 있었다. 현수는 몇 사람과 오징어 배에 올랐다. 배에는 집어등이 밝은 빛을 내뿜었다. 현수는 줄줄이 매달린 집어등을 향해 카메라 초점을 맞추려고 뒤로 물러섰다. 빛줄기를 렌즈에 포착하는 순간, 고기를 잡아넣는 수조 속으로 빠지고 말았다. LED 조명을 휴대폰에 담으려다 사고를 당한 것이다. 발을 헛디뎠을 때 반사적으로 팔을 뻗었기에 휴대폰은 무사히 배 바닥에 떨어졌지만 현수는 갈비뼈를 다치고 말았다.

사람들이 현수를 끌어올렸다. 물에서 나온 현수는 얼굴이 파르스름하게 변했다. 돌아오는 차 안에서 간헐적으로 신음을 토해냈다. 병원 응급실에 도착해 가슴을 촬영해 보니 갈비뼈의 골절과 폐의 손상으로 판명이 났다. 갑작스러운 사고로 현수는 일상의 일들이 멈춰버렸다.

입원 한 달 동안 기태는 다섯 번이나 병원을 찾아왔다. 처음 기태가 병원에 왔을 때는 비 오고 난 뒤에 하늘이 말끔하게 개고 있었다. 야외 휴게실 의자에 앉아 기태와 함께 붕장어 회를 먹었다. 고향에 있을 때 기태와 먹은 적이 있었다. 현수가 유달리 좋아하는 회였다. 마침 똑같은 가짓수로 별반 달라지지 않는 병원 밥이 지겨운 때였다. 현수는 목으로 꿀꺽 넘어가는 소리를 내며 먹었다. 기태의 작은 눈은 반짝거렸고, 그 눈빛 속에 약간의 웃음기를 담고 있었다.

"회사에서 공장 안에서 다친 게 아니라고 산재 처리가 안 된다네요."

"뭐 그딴 회사가 다 있어? 이참에 내하고 같이 일 안 해볼래?"

"어떤 일요?"

"광고업이야. 간판도 하고, 현수막도 하고, 감사패와 각종 기념품을 취급하는. 요새 주문이 많아 일손이 달려. 경리가 한 명 있지만 바깥일은 혼자 하기에 버거워서 말이지. 니랑 같이하면 딱 좋겠는데, 어때? 기술은 내가 가르쳐줄게. 수입 좀 잡으면 따로 하나 차려서 나갈 수도 있고……."

"맨날 똑같은 일을 하다 보니 이제 회사 일도 지겨워요. 오래 근무해도 별 비전도 없는 데다, 이번에 대빵 하는 꼬락서니 보니까 솔직히 때려치우고 싶어요. 저도 사업 한번 해볼까요, 형님한테 기술 배워서?"

기태는 자본금의 반을 투자하면 수익의 절반을 주고, 가게에 관한 모든 것을 반으로 나누겠다며 동업을 제의했다. 현수는 기태의 말에 솔깃해졌다. 회사에서 2년 6개월 동안 비정규직으로 근무하면서 착실하게 모은 적금을 해지하고, 퇴직금 전액과 전세금을 모아 기태에게 송금했다. 전세금은 섬을 나올 때 엄마가 방 구하는 데 쓰라며 건네준 돈이었다. 계약서에는 가게의 모든 권한과 이익금을 공동으로 한다고 명시되어 있었다. 현수는 이름 뒤에 도장을 꾹 눌렀다. 그제야 기태는 가게 뒤에 딸린 방이 있어 그곳에서 지내면 된다며 금빛 어금니가 보이도록 웃었다.

기태와 현수 사이엔 그녀가 있었다. 기태는 그녀의 어깨를 감쌌고, 현수는 그녀의 허리를 더듬었다. 이름은 차미영. 그날 밤 이후 벗어둔 미영의 스타킹은 현수의 양말 통에 보관되어 있다. 네 켤레의 스타킹을 보관해 놓았는데도 미영은 관심도 없고 찾아가지도 않았다. 현수는 요염하게 스타킹을 벗어 내리던 미영을 볼 때면 몸을 떨곤 했다.

기태는 종종 미영의 손을 잡고 일했다. 그럴 때마다 미영은 힐끗 현수 쪽으로 곁눈질을 했다. 현수는 신경을 곤두세우고 미영을 쳐다보았다. 미영의 눈빛이 기태를 향하고 있을 때는 얼굴이 굳어진 채로 마스터지를 툭툭 미영 앞에다 던지듯 갖다 놓았다.

광고사의 경리로 일하던 미영은 현수에게 살갑게 대했다. 현수를 보면 친동생을 대하듯 뭐든 챙겨주곤 했다. 시장에서 파는 밑반찬을 사다주고, 냉장고를 정리해주었다. 아침이면 핸드드립 커피를 찻잔에 받쳐서 들고 왔다. 세 명이 함께 커피를 마시는 시간이면 현수는 손님을 맞이하는 길쭉한 테이블에 앉아서 미영을 바라봤다. 쌍꺼풀 수술을 했다는 미영은 왜소한 체구에 비해 꽤나 볼륨 있는 몸매였다. 현수는 미영의 가녀린 손가락에 자주 시선을 뺏겼다. 꽃무늬가 그려진 손톱의 꽃잎을 세며 오래도록 주시하곤 했다.

간판을 달기 위해 기태와 트럭을 타고 출발했다. 도로 곳곳에는 무인 카메라가 설치되어 과속과 신호 위반을 단속하고 있었다. 작업을 위해 가게 앞에 차를 대야 하는데 주차하기가 수월찮았다. 그곳을 CCTV가 노려보고 있어서다. 번화한 거리에는 감시의 눈길이 미치지 않는 곳이 별로 없었다. 두 사람은 사다리와 간판을 인도에 내려놓고 차를 댈 만한 곳을 찾다가 유료 주차장에 차를 댄 뒤에야 작업을 시작했다. 지나가는 사람들이 사다리에 올라서서 일하는 두 사람을 흘끔거리며 올려다봤다.

기태에게 일을 배우는 중이어서 현수는 그다지 숙련되지 못했다. 기태는 간판을 달 때 작은 피스 하나라도 빼먹지 않을 정도로 치밀하게 작업했다. 일은 꼼꼼하게 해야 한다며 단계를 나누어 기술을 가르쳐주었다. 현수는 하나라도 놓칠세라 귀를 세우고, 눈에 힘을 준 채 일머리를 익혔다. 작업을 마치고 간판에 불이 켜질 때면 두 사람의 얼굴도 화사한 간판의 조명처럼 밝아졌다. 현수는 조수석에 앉아 수첩에다 배운 것을 일일이 메모했다.

가게 앞 도로변에는 방범용 CCTV가 설치되어 있었다. 쓰레기를 버리러 가거나 음식물 찌꺼기를 내놓을 때 현수는 자주 그것을 올려다봤다. 음식물 쓰레기통은 닫혀 있었지만 카메라가 내시경처럼 내부를 투시하는 듯했다. 그 앞을 지나기 전에는 습관처럼 운동복 바지를 한 번 추슬러 올렸다. 때로는 어깨를 바로 펴거나 옷깃을 여미기도 하고, 어떨 땐 의식적으로 카메라 렌즈를 올려다보기도 했다. 카메라는 24시간 한쪽을 비추었는데 그 주변에만 가도 미로 속의 쥐처럼 현수의 눈동자가 전후좌우로 움직였다.

첫 달 수입금을 나눌 때 기태는 생활비라며 흰 봉투를 건넸다.

"가게를 키우면 그게 다 우리 거니까 나중에 한꺼번에 계산하자."

기태는 현수의 어깨를 건드리며 씩 웃었다. 현수는 의아한 얼굴로 기태를 한 번 쳐다보곤 말없이 고개를 끄덕였다.

일을 마친 현수가 팬티 바람으로 라면을 끓이고 있을 때였다. 삐거덕, 문 열리는 소리와 함께 미영이 은그릇처럼 밝은 후광을 등에 업고 서 있었다. 묶음 라면 한 봉지와 진분홍 수국을 한 아름 안고 현수의 방을 찾아온 것이다. 현수는 바지를 찾느라 허둥댔다. 가스레인지 위에는 라면이 보글보글 끓고 있었다. 현수는 다 익은 라면을 상에 올려놓았다.

"한입 먹을래?"

"밤에 먹으면 살쪄."

미영은 두 손바닥을 현수에게 내보이며 흔들었다. 현수는 뜨거운 김을 후후 불며 라면을 먹었다. 미영이가 뒤에서 현수의 허리를 안았다. 가로등 불빛이 비친 창에 목련 잎 그림자가 어룽댔다. 현수는 미영의 앙가슴에 얼굴을 묻었다. 바람 소리에 나뭇가지가 일렁이며 춤을 추었다.

섬사람 기질은 어쩔 수 없다니까. 미영은 툴툴거리면서도 매번 현수가 가는 바다낚시를 따라나섰다. 기태는 명함 수첩을 뒤져서 뭐라도 하나 건지려는 듯 일과 관계된 사람들과 어울려 주말을 보냈다. 아침마다 조기 축구회 사람들과 만나 공을 차러 다녔고, 평소에는 공식적인 단체 활동에 적극적이었다. 아니나 다를까, 기태는 모범 시민에게 주는 상을 타서 가게 입구에 떡하니 걸어 놓았다.

휴일에 동해에 있는 오류해수욕장으로 갔다. 초여름의 바닷바람이 미지근하게 피부를 스쳤다. 멀리 고기잡이배가 지나가고 파도 소리는 규칙적으로 들렸다. 한 번씩 들어왔다 나갔다 하는 파도는 백사장으로 올 때마다 그 위치가 달랐다. 한 번은 멀찌감치 왔다가 다시 돌아가고, 다음엔 중간쯤, 그다음엔 낚싯대를 드리운 발밑까지 달려왔다. 그것도 항상 일정한 위치만큼 올라오는 건 아니었다. 파도가 모래톱을 할퀴면 하얀 물거품이 부서지며 바닥을 매끈하게 쓸어내렸다.

타닥, 낚싯대 끝이 움직였다. 현수는 순간적인 힘을 주어 낚싯대를 낚아채더니 릴을 감기 시작했다. 낚싯대가 활처럼 휘어져 휘청거렸다. 마주 보는 두 사람의 얼굴에 기대감이 묻어났다. 물속에 잠긴 낚싯바늘이 공중에 모습을 드러냈을 때는, 불가사리 한 마리가 달랑 매달려 있었다.

"바다가 완전 맛이 갔어."

현수는 떨떠름한 얼굴로 불가사리를 떼어내어 모래밭에 던졌다. 바다에서 막 건져 올린 불가사리는 몸에 온통 모래가 묻어 누런 떡고물을 묻혀 놓은 것 같았다. 따가운 태양 아래서 발악이라도 하듯 다닥다닥 붙은 관족을 끊임없이 움직였다. 별 모양의 안쪽에 마주 붙은 그것들은 살려달라고 소리를 지르는 듯했다. 미영은 두 손으로 모래를 움켜쥐어 불가사리를 덮어버렸다. 더는 관족이 움직이는 모습을 볼 수 없었다. 현수는 갯지렁이를 낚싯바늘에 끼웠다. 갯지렁이가 꿈틀대며 몸을 비틀었다. 현수가 몸을 뒤로 젖혀 낚싯대를 들고 바다를 향해 힘껏 팔을 내뻗었다. 가느다란 줄이 풀려나가면서 바다 가운데에 낚시 추 떨어지는 소리가 들렸다.

한 무리가 둘러앉아 싸 온 음식들을 한가롭게 나눠 먹는 뒤로, 연인 한 쌍이 손을 잡고 해안을 따라 걸어왔다. 현수는 그 사람들을 힐끗거리고는 옆에 앉은 미영을 바라봤다. 미영은 농염한 몸매를 하고 입술을 약간 벌리고 있었다. 길쭉한 손가락을 오므려 작은 돌을 바다 쪽으로 잇달아 던졌다. 짙은 산호색 입술 위에 보송보송한 솜털이 햇빛에 반사되어 반짝였다. 낚싯대 끝이 요란하게 흔들렸다. 현수는 릴을 감아올리기 시작했다. 아까처럼 낚싯대가 반원을 그리며 휘어졌다. 도다리와 노래미가 한꺼번에 잡혀 몸을 파닥거리며 뒤틀었다. 현수는 한 마리씩 낚싯바늘에서 떼어놓았다.

솔밭 쪽에서 빨간 스키니진을 입은 여자가 맨발로 달려왔다. 사람들이 여자를 호기심 어린 눈으로 쳐다봤다.

"고기가 낚여 올라오는 게 신기해서 왔어요."

여자는 현수를 향해 까르르 웃었다. 현수는 웃음을 띠고 아이스박스 뚜껑을 열어 잡은 고기를 보여주었다. 미영은 눈을 흘기며 팔꿈치로 현수의 옆구리를 찔렀다. 여자는 눈치 없이 이리저리 살피더니 현수의 코앞에다 엄지손가락을 치켜세워 보였다. 현수가 멋쩍은 표정을 지었다. 여자가 뒷모습을 보이기 전까지 미영은 가자미눈을 하고 현수를 째려보았다. 현수는 살짝 발개진 얼굴로 겸연쩍게 웃었다. 미영은 입이 튀어나와 뾰로통한 얼굴을 한 채 집게손가락을 쳐들곤 미친년, 하며 귀 옆으로 동그라미를 그렸다.

현수는 칼을 들고 회를 뜨기 시작했다. 대가리를 자르고, 창자를 도려내고, 껍질을 벗겨냈다. 칼에 검붉은 피와 푸르죽죽한 창자의 흔적이 묻어났다. 현수는 준비해온 물로 다듬은 횟감을 헹구고 도마와 칼을 씻었다. 키친타월로 물기를 없애고 횟감을 얇게 썰었다. 회를 좋아하는 미영을 위해 고기가 낚이면 현수는 손수 회를 뜬다. 소주 한 병을 꺼내 일회용 잔에 따랐다. 현수는 한 잔 먹고, 나머진 미영이 마셨다. 얼굴이 발그레하게 달아오른 미영은 까르륵거리며 현수에게 기댔다.

왜 이제야 왔니, 어디에 있었던 거니, 조금은 늦은 듯 이제야 만났네…….

미영은 입술을 동그랗게 벌리고는 유행가를 흥얼거렸다.

"우리 멀리 가서 함께 살까?"

미영이 현수를 향해 진지한 눈빛을 하며 쳐다봤다. 분홍 민소매에다가 하얀 망사를 걸친 미영이 바닷바람에 긴 생머리를 휘날리며 몽롱한 표정으로 앉아 있었다. 현수는 미영의 보드랍고 보얀 손을 잡고선 아무 말을 할 수 없었다.

손 흔드는 엄마를 뒤로 하고 현수와 미영은 섬의 해변으로 달린다. 둘은 바닷물에 발을 담근 채 미역을 딴다. 구불구불 귀가 달린 미역은 스타킹처럼 늘어져 춤을 춘다. 미역에서 상큼한 바다 향이 난다. 미영의 웃음소리가 파도 소리와 엇섞인다. 게가 꽁무니에 달린 알집을 뺏길까 봐 줄행랑을 친다. 미영이 깔깔거리며 따라간다. 현수는 입이 큰 고기를 잡는다. 양동이는 금방 가득 찬다. 미영이 뛰어들며 잠수한다. 현수도 뒤따라 물속으로 들어간다. 세이렌의 노랫소리가 나지막이 들려온다. 현수는 미영을 따라 더 깊은 곳으로 헤엄친다. 바닷속에는 파랗고, 노랗고, 붉은색의 물고기들이 지느러미를 살랑대며 헤엄을 치고, 색색의 산호들이 사슴뿔처럼 돋아나 팔을 뻗고 있다. 공기 방울을 일으키며 현수가 물위로 올라온다. 현수의 허리를 잡고 미영이 고개를 내민다. 바람이 짭조름한 바다 냄새를 몰고 와 두 사람을 휘감는다. 갯바위에 누워 코발트색 하늘을 본다. 양털구름이 꼬리를 물고 떠 있다. 철썩철썩, 규칙적으로 밀려오는 파도 소리…….

*

섬 집 마당에는 풀이 무성하게 자라 있었다. 쑥 덤불 사이로 개망초꽃이 얼굴을 내밀고 은은한 향내를 풍겼다. 뜨거운 열기가 훅 치솟았다. 얼굴까지 오는 풀을 두 팔로 헤치고 발로 밟으며 앞으로 나아갔다. 군데군데 크게 자란 나무와 환삼덩굴에 길이 막혀 여러 번 길의 방향을 틀어야 했다. 기다란 풀대가 촘촘히 막아서며 현수의 전진을 방해했다. 현수가 수풀 사이 발을 디딜 자리에 갈색 물체가 햇빛에 반짝이며 미세하게 움직였다. 온몸에 적갈색의 반점이 있는 누룩뱀이었다. 똬리를 튼 뱀이 서서히 몸을 풀더니 스르륵 풀 사이로 몸이 미끄러져 들어갔다. 찢어진 풀잎, 짓이겨진 꽃잎, 풀대에서 날아오른 먼지가 땀과 범벅되어 얼굴이 번들거렸다. 풀에 피부가 쓸려 군데군데 손톱으로 긁힌 것 같은 흔적이 남았다. 옷은 초록 풀물과 거무스레한 먼지로 더럽혀졌다. 무성한 풀이 섬 집을 에워싸고 있었다. 얼룩 군복을 입은 점령군에게 완전히 포위된 집. 네모난 작은 주춧돌이 받쳐진 나무기둥 모서리에 쥐 한 마리가 옴짝달싹 못 하고 떨고 있었다. 까맣고 투명한 눈은 한 곳을 주시하며 반짝이던 빛마저 흐트러져 눈동자가 굳은 상태였다. 눈 깜짝할 사이, 누룩뱀이 쥐의 꽁무니를 덥석 물었다. 쭈뼛한 쥐의 머리는 뱀의 각진 머리와 방향을 나란히 했다. 날카로운 이빨이 쥐의 등허리를 압박했다. 쥐는 투명한 각막에 빛을 내며 애처롭게 떨었다. 뱀이 쥐를 조금씩 삼켰다. 어느새 뱀의 목은 어린 왕자의 삽화에 나오는 모자 속 코끼리처럼 쥐의 형체가 그대로 튀어나와 보였다. 쥐는 조금씩 목 뒤쪽으로 미끄러져 들어갔다.

섬 집에는 현수가 떠나면서 엄마 혼자 살았다. 현수가 섬을 떠나던 날, 엄마는 등대지기를 하던 아버지가 묻힌 이곳을 떠날 수 없다며 끝내 섬을 지키겠다고 했다. 현수는 섬에서 나간 후 간혹 통화를 했지만 기태와 함께 일하면서 연락을 해보지 않았다. 더 정확히 말하면 미영을 만나고부터 엄마를 잊고 지냈다. 엄마는 보이지 않고 무성한 풀숲에 둘러싸여 현수는 현관문을 열 엄두를 못 내고 있었다.

가게를 찾는 사람들의 발길이 뜸해졌다. 주문 전화도 눈에 띄게 줄어들었다. 현수가 약속한 장소에 기념품을 배달해주고 돌아오는 길이었다. 가게에는 군청색 양복을 잘 차려입은 낯선 손님이 와 있었다. 여느 고객과 다르게 그 손님은 작업장 안을 꼼꼼히 살폈다. 인쇄기 앞에서 기태와 나지막하게 이야기를 주고받은 뒤에 천천히 고개를 끄덕였다. 기태는 그 사람에게 연신 허리를 굽실거리며 입꼬리를 올린 채 비위를 맞췄다. 큰 작업을 맡을 때 기태가 으레 하던 행동이다.

곁에 있던 미영이 먼저 퇴근하면서 오늘 카페에서 만나자며 문자를 보내왔다. 현수가 일을 마치고 일어날 때, 기태는 서둘러 해야 할 일거리가 있다면서 퇴근하려는 현수를 붙잡았다. 현수는 평소보다 빠른 동작으로 기태를 도왔지만 간판 준비 작업은 쉽게 끝나지 않았다.

"형님, 내일 하면 안 됩니까?"

"급한 주문이라서."

기태는 짧게 대답하고는 입을 닫았다. 간간이 기계 작동 소리가 들릴 뿐 둘은 말없이 일을 했다. 길거리에는 행인이 눈에 띄게 줄어들었다. 문자 알림 소리가 30분 간격으로 들어왔다. '빨리 와.' 미영은 비슷한 문자를 여러 번 보내왔다. '일이 늦어질 것 같아.' 현수가 답장을 보내고 난 뒤에도 알림 소리는 연이어 울렸다. '꼭 할 말 있으니까 어서 와. 급해.' 현수는 표정이 딱딱하게 굳은 채 기태의 눈치를 살피며 마지못해 일을 했다. 자정이 넘었을 때 미영에게서 내일 보자는 문자가 도착했다.

다음 날, 미영은 선글라스를 끼고 출근했다. 갸름한 얼굴에 얹힌 검정 렌즈는 유난히 컸다. 선글라스 밑으로 푸르스름한 얼룩 같은 것이 보였다. 아침부터 미영과 한마디도 하지 않던 기태가 낮술을 먹고 왔다.

"야 인마, 넌 세상 좀 더 살아봐야 해. 세상이 그리 호락호락한 게 아니란 말씀이야."

밑도 끝도 없는 말을 내뱉고는 말끝을 흐렸다. 미영의 표정이 새하얗게 변했다. 현수는 뜬금없다는 표정으로 기태를 쳐다봤다.

"우리 지훈이 교육비가 말이야."

"걍 집에 들어가라니까."

미영은 기태에게 짜증이 섞인, 앙칼진 목소리로 쏘아붙였다. 미영의 양미간에 세로 주름이 또렷하게 잡혔다. 기태와 미영 사이에는 팽팽한 기류가 흘렀다. 기태는 자신이 기러기 아빠라며 히죽 웃더니 인사도 없이 퇴근을 했다. 현수는 미영과 남은 시간을 함께 일했다. 미영은 현수에게 애써 다정하게 대했지만 평소와 다르게 얼굴 한구석이 멍해 보였다.

현수가 사무실로 통하는 문을 여는 순간 실내에는 정적이 흘렀다. 그곳엔 아무도 없었다. 항상 30분 전이면 출근해서 핸드드립 커피를 내리곤 하던 미영의 모습이 보이지 않았다. 현수는 절반쯤 선팅된 유리문 위로 목을 빼고 차들이 쌩쌩 다니는 도로변의 이쪽저쪽을 살폈다. 몇몇 사람들이 종종걸음을 치며 가게 앞을 지나갔다. 현수는 허둥대며 미영에게 전화를 걸었다. 여러 번의 신호음 끝에 연결할 수 없다는 멘트가 흘러나왔다. 기태에게도 전화를 걸었지만 결번이라고 했다. 불이 켜지지 않은 침침한 사무실에는 탁한 공기가 가득했다. 현수는 미영이 커피를 내리곤 하던 개방형 수납장 쪽으로 갔다. 받침대 위에 정갈하게 엎힌 컵이 미영의 하얀 손가락과 오버랩 됐다. 두 사람은 한나절이 지나도록 출근도 하지 않고 전화도 불통이었다. 현수는 자신의 방으로 부리나케 달려갔다.

책상 서랍은 아무 일도 없다는 듯이 닫혀 있었다. 현수는 다급하게 서랍을 잡아당겼다. 흰 봉투에 넣어둔 동업 계약서가 보이지 않았다. 빈 서랍을 확인하고는 가게 앞 주차장을 향해 달려나갔다. 작업차를 대놓던 그곳에 차가 보이지 않았다. CCTV는 길거리 한쪽을 비추었다. 어쩌면 비밀을 알고 있을지도 모르는 그것을 현수는 눈꺼풀을 떨며 쳐다보았다. 허탈한 표정으로 터벅터벅 가게로 돌아왔다. 기태의 상장이 걸렸던 장소는 텅 비어 있었다. 가게를 하나 차려주겠다던 기태의 말이 이명처럼 들려왔다.

가게로 걸려오는 전화가 한 통도 없어 현수는 전화기를 들어 귀에 대보았다. 아무런 소리가 들리지 않았다. 가게 전화도 먹통이었다. 현수는 입아귀를 일그러뜨리며 전화기를 책상 아래로 힘껏 내던졌다. 전화통도 집어서 바닥으로 내팽개쳤다. 얼굴이 백지장이 된 현수는 미영의 자리에 엉거주춤 앉았다. 얼굴에는 암갈색의 수심이 고여 있었다. 고요 속에 문 여는 소리가 들렸다. 일전에 군청색 양복을 차려입고 가게 안을 꼼꼼하게 살펴보던 그 남자였다.

"이곳에 세 들어 사는 사람입니까?"

"그렇습니다만……."

"가게 인수한 사람인데 이번 달 말까지 방 좀 빼줘야겠어요. 리모델링해서 장사 시작해야 하니까요."

현수는 가게 문을 박차고 밖으로 나왔다. 푹푹 찌는 열기로 도시는 거대한 찜통 속에 놓인 듯했다. 한낮의 열기가 빠져나가지 못하고 도시를 뒤덮고 있었다. 현수는 무작정 걸었다. 얼굴에는 땀이 비 오듯 쏟아졌고, 몸에서는 시큼한 땀내가 나서 코를 찔렀다. 다리는 후들거렸고 얼굴은 참혹하게 구겨졌다. 가로수에서는 매미가 그악스레 울어댔다. 땅거미가 지는 시간까지 걷다 보니 강변에 도착해 있었다. 현수는 강변의 풀숲에 털썩 주저앉았다. 강기슭의 갈대는 스산하게 흔들리고, 현수는 홀로 서서 바람을 맞았다. 손으로 튕기면 터져버릴 풍선처럼 현수의 볼은 잔뜩 부은 채였다.

강에는 물맴이와 소금쟁이 같은 물벌레들이 잔잔한 물결 위에서 노닐고 있었다. 모기가 현수 주변을 맴돌았다. 현수는 팔과 발을 번갈아 긁어댔다. 가끔 손가락으로 눈물을 찍어냈다. 사람들이 현수의 등 뒤에서 두런거리며 걸어 다녔다. 통곡할 수 없는 공간에서 현수는 작게 신음을 내며 북받쳐 오르는 울음을 삼켰다. 사람들이 현수의 등허리에 앉은 슬픔을 몰래 훔쳐보는 것처럼 현수의 뒤태를 흘끔거리며 지나갔다.

어둠이 짙어졌다. 가로등 조명 아래 물맴이는 여전히 움직이고, 현수는 꼼짝하지 않았다. 물맴이는 수면 위에 동그라미 그리기를 반복했다. 크고 작은 동그라미가 물 위에 그려졌다가 지워졌다. 한밤중인데도 밤의 생물들은 톡톡거리며 끊임없이 움직였다. 그 몸짓은 고요하고 미세해서 오히려 처량해 보였다.

자정이 넘어 집에 돌아왔을 때 현수의 배에서는 꼬르륵 소리가 났다. 현수는 꿈틀거리며 삶의 본능을 드러내는 배를 내려다보았다. 싱크대에 넣어둔 라면을 꺼냈다. 냄비에 물을 넣고 가스레인지의 전원을 켰다. 푸른 불꽃이 냄비 바닥으로 끊임없이 피어올랐다. 생의 욕구가 열기가 되어 치솟아 오르는 듯했다. 뜨거운 김을 따라 수프 냄새가 방 안을 떠돌았다. 라면이 끓었다. 아버지가 죽은 이튿날 밤, 널 속에 누운 아버지를 옆에 두고 먹었던 곰국처럼, 우물우물 라면을 씹었다. 미영은 라면을 곧잘 끓여 주었다. 미영이 끓인 라면은 짜지도 싱겁지도 않으면서 면발이 쫄깃했다. 가만있어도 땀이 쏟아지는 열대야다.

햇살이 창을 넘어와 날카로운 빛을 쏘아댔다. 현수는 일어나자마자 부스스한 얼굴로 사무실에 나왔다. 머리는 헝클어진 채 기름기가 흘렀고, 턱에는 뾰족한 수염이 돋아 밤송이 같았다. 컴퓨터 도안을 할 때 앉았던 기태의 의자는 비뚜름하게 놓여 있었다. 미영이 쓰던 컴퓨터 모니터는 암흑의 빛을 내뿜은 채 사각의 몸체를 드러냈다. 바닥에는 전화기가 널브러져 있었다. 먼지가 햇빛 속을 부유하며 사무실을 뿌옇게 뒤덮었다. 적막이 흐르는 실내에는 먼지가 가득 차 느릿느릿 떠돌았다. 광고물 인쇄기는 전원이 꺼진 채로 색색의 잉크 호스를 링거줄처럼 매달고 있었다. 길게 이어진 다리가 중간에서 끊긴 양 현수는 가야 할 곳을 몰라 헤맸다. 팔에는 긁은 자국이 불그레했다. 세 사람의 의자가 놓인 곳에 현수는 혼자 망연자실한 얼굴로 서 있었다. 탁자에는 미영이 수놓은 하얀 테이블보가 꽃을 이어 붙인 형태로 유리 안에 끼워져 있다. 어쩌면 기태는 징후를 보였는지도 모른다, 다만 현수가 눈치를 채지 못했을 뿐.

"애가 맹장 수술을 해야 한다고 하네."

"누구 말이죠?"

"누구긴, 미국 가 있는 우리 지훈이 말이지. 수술비 때문에 이번 달 생활비는 다음으로 미뤄야겠어. 저번 달에 준 돈 좀 있지? 미안하지만 좀 도와주라."

현수는 잠깐 눈빛이 흔들렸다. 무표정한 얼굴로 고개를 끄덕였다. 아들의 조기 유학을 위해 떠난 기태의 가족을 한 번도 본 적이 없었다. 기태의 말대로라면 빨리 기술을 터득하고 가게가 번창해야 독립이 가능할 거였다. 자리가 잡히면 엄마가 고대하는 신붓감을 구할 수 있을지도 몰랐다.

현수는 차에 현수막을 실었다. 기태는 새로운 간판 도안을 짜느라 컴퓨터 앞에 앉아 있었다. 미영은 장부를 펼쳐놓고 하루 일을 마감하느라 바빴다.

"한 시간쯤 걸릴 거야."

"현수야, 수고!"

미영은 현수에게 눈웃음을 지어 보였다. 해는 산꼭대기에 걸려 넘어가려는 찰나였다. 작업하러 나가기에는 조금 늦은 시간, 현수는 차의 시동을 걸었다. 10분쯤 달렸을까? 현수는 가변으로 차를 몰며 한 손으로 수첩을 뒤적거렸다. 그제야 옥외광고물 신고 때 다음 날부터 게시하기로 했다는 사실을 발견했다. 약속 날짜에 가지 않으면 자리가 없기 십상이었다. 노란 선을 밟으며 차를 유턴했다. 차를 주차장에 댔을 때는 이미 퇴근 시간이 되어 있었다. 현수는 가게 문을 열고 들어갔다. 현수가 작업이 덜 끝나면 두 사람 중 한 사람은 기다려주었는데 그날따라 가게에는 아무도 없었다. 불은 켜져 있는데 기태도 미영도 보이지 않았다. 정적이 감도는 가게 안에서 현수의 얼굴은 일순간 경직되었다. 컴퓨터 화면은 푸른 마름모꼴 도형이 커졌다 작아지기를 반복하며 화면 보호 기능이 작동되고 있었다. 작업장 안에도 두 사람은 보이지 않았다. 잉크 냄새와 접착제 냄새가 섞여서 공기가 탁했다.

두리번거리다가 현수는 작업장 안쪽 문을 열었다. 그곳을 통과해 신발 벗는 공간을 지나면 현수의 방이 있다. 출입구에 놓아둔 앤슈리엄 화분을 들었다. 거기에 있어야 할 열쇠가 없었다. 현관에는 두 켤레의 신발이 나란히 놓여 있었다. 미영이 즐겨 신는 빨간 구두와 기태의 큼지막한 검정 구두가 아무렇게나 흩어져 있는 슬리퍼 옆에서 다정스레 키를 쟀다. 현수는 발소리를 죽이고 문 앞에 섰다. 몸을 옆으로 돌려 문틈에 귀를 바짝 갖다 댔다. 침대가 삐걱대는 소리, 고양이 울음 같은 미영의 교성이 희미하게 새어 나왔다. 현수는 문손잡이를 잡았다. 손잡이를 붙든 손이 비바람에 흔들리는 잎사귀처럼 떨렸다. 손에는 땀이 고여 미끈거렸다. 문을 열지 못하고 손을 놓았다. 가게와 연결된 문을 쾅 차고 나갔다.

사무실에서 미영은 기태에게도 현수에게도 덤덤하게 대했다. 오롯이 자신으로 존재하며 누구에게도 속하지 않는 사람처럼 굴었다. 미영이 기태에게 잔소리를 늘어놓을 때면 기태는 그 작은 눈으로 미영을 쏘아보았다. 미영은 그날의 문소리를 아는지 모르는지, 현수에게 애교 어린 목소리로 다가왔다. 현수는 미영의 일거수일투족에 눈을 떼지 못했다.

미영은 기태와 잔 뒤에도 현수의 방을 찾아왔다. 퇴근하는 것처럼 나갔다가 선물처럼 되돌아오곤 했다. 현수는 그런 미영을 내치지 못하고 다시 받아들였다. 미영 앞에서 현수는 이성이 마비된 사람 같았다. 스타킹을 벗어 놓곤 챙겨 가지 않는 미영을 위해 현수는 빨아서 자신의 양말통에 보관해 두었다. 기태와 자는 장면을 본 뒤로 현수는 두 사람이 있을 때 혼자 일하러 나가는 게 꺼려졌다.

현수의 노력을 비웃기라도 하듯 두 사람은 어디론가 사라져버렸다. 문자가 연이어 오던 그날 밤, 기태의 말을 무시하고 미영을 만나러 나갔다면 뭔가 달라졌을까. 그동안 몸을 의탁했던 방 안을 훑어보았다. 간이옷장, 침대, 앉은뱅이책상 하나, 휑한 공간……. 섬에 남은 엄마처럼 현수는 혼자가 되었음을 감지했다. 눈앞의 일에만 급급해 있다가 엄마라는 존재가 불현듯 현수의 뒷머리를 때렸다. 현수는 다급하게 엄미에게 전화를 걸었다. 전화기가 꺼져 있다는 기계음이 새어 나왔다. 미친 듯이 전화기 표시를 눌러댔다. 같은 말만 반복될 뿐 연결이 되지 않았다. 현수는 방문을 박차고 무작정 섬 집을 향해 걷기 시작했다.

*

현수는 섬 집 현관문 앞에서 멈칫거리다가 휴대폰을 꺼내 문자를 확인했다. 미영이 보내온 문자였다. 현수의 눈꺼풀이 떨렸다.

"널 못 잊을 거야. 미안해."

현수는 문자를 닫고는 잠시 눈을 감았다가 기어이 현관문을 열었다. 고요가 자리한 곳에 퀴퀴한 냄새가 코를 찔렀다. 거실 바닥에 흐트러진 옷과 쌓인 먼지가 폐허를 연상케 했다.

부엌 싱크대 앞에 가발 같은 것이 시커멓게 흐트러진 뭉치가 보였다. 현수는 외마디 비명을 내질렀다.

엄마였다. 엄마의 손 밑에는 거무스레하게 반쯤 얼룩진 숟가락이 깔려 있었다. 작은 상 위의 그릇에는 꺼멓게 음식이 말라붙어 형체를 알아볼 수 없었다. 시신은 등을 보인 채였다. 썩은 냄새가 진동했고, 옷 안팎으로 개미가 기어 다녔다. 현수는 무릎을 꿇고 손으로 얼굴을 가린 채 오열했다. 엄마에게 손을 대지 못하고 몸을 부르르 떨었다.

현수의 곁에는 색싯감도 없고, 지갑엔 돈도 없었다. 약속을 지키지 못하고 돌아오니 그곳엔 엄마의 주검이 현수를 기다렸다. 아버지의 뒤를 이어 등대와 살던 엄마는 흙빛 몸뚱이로 섬 집에 남아 있었다. 현수는 뜨겁게 쏟아져 나온 눈물이 마를 때까지 엄마의 육신을 어루만졌다. 고개를 들어 바닷가 언덕을 바라봤다. 불 꺼진 등대가 어둠 속에서 현수를 지켜보고 있었다.

크로스 드레서

그는 왜 오지 않는 걸까? 약속 시각이 지난 지 두 시간째, 사회 선생을 떠올리며 앞 테이블의 남녀를 바라봤다. 그들은 멜로드라마의 연인처럼 행복에 겨운 듯 웃고 있었다. 나는 나무탁자 위에 놓인 찻잔을 물끄러미 들여다보았다. 그가 즐겨 마시던 카페모카를 시켜 마신 지도 한참, 커피 흔적이 누렇게 컵에 말라붙어 있었다. 아메리카노를 한 잔 더 주문했다. 즐겨찾기를 눌러 그의 연락처를 선택했다. 전화기 표시를 누르니 귀에 익은 노랫소리가 요란스레 들려왔다. 이곳에서 만나 저녁을 먹으러 가기로 한 그는 지금 어디에 있는지. 투명한 갈색을 띤 커피에 김이 모락모락 올랐다. 네온 불빛이 빈 의자를 지루하게 비추었다. 빈속에 커피만 들이켜고 있자니 속이 쓰렸다.

그가 없는 이 자리, 시간이 멈춘 듯 고요하다. 커피를 만들고 있는 바리스타의 공간을 비집고 들어가고 싶은 충동이 인다. 바리스타는 연분홍 와이셔츠에 감색 넥타이를 매고 있다. 검정 양복을 입고 꽃을 바라본다. 꽃술을 드러내고 있는 한 송이 빨간 장미를 뚫어지게 응시한다. 위로만 뚫린 투명한 유리막 안으로 꽃잎 하나가 툭, 떨어진다. 장미는 잔향을 뿌리며 맥없이 시들어버린다. 바리스타의 얼굴이 하얗게 질린다. 눈물이 반짝 눈가에 번진다. 침묵의 시간, 굳은 표정의 그가 모로 쓰러진다. 원목 장롱 안에 들어있는 옷을 꺼낸다. 양복 윗도리를 벗고, 무거운 버클이 달린 허리띠를 풀어 바지를 내린다. 한껏 멋을 낸 와이셔츠와 넥타이도 벗는다. 풀잎이 스치는 소리가 난다. 꼭 끼게 달라붙은 삼각팬티를 마저 벗자 검은 거웃 사이로 드러난 페니스가 오그라들어 있다. 기름한 몸에 단단한 근육들이 적당히 자리 잡았다. 앞쪽이 망사로 장식된 팬티, 같은 디자인의 브래지어를 착용한다. 파란 장미꽃무늬가 장식된 하늘색 원피스를 입는다. 바리스타의 머리카락이 점점 자라고 마침내 그가 웃는다.

바리스타는 커피를 내리고, 나는 커피를 홀짝거리며 다른 한 손으로 검정 재킷을 여몄다.

"급해서 채용했는데 문제없도록 해주세요."

그날 교장 선생은 나를 일갈하며 미심쩍은 표정으로 내 은회색 치마 쪽에다 시선을 던졌다. 내가 그 학교에 지원한 것은 5수라는 심리적 부담감을 견디기 힘들었고, 더는 핑계를 댈 면목이 없어서였다. 기간제였지만 그나마도 경쟁이 치열해서 내정자가 있거나 인맥을 타고 오는 경우가 많았다. 근무 기간이 짧고 외진 곳에 있는 학교라서 다행히 지원자가 나 혼자였다. 학교 측에서는 울며 겨자 먹기로 뽑은 셈이었다.

첫 사회생활은 한 치 앞을 내다보기 힘든 희뿌연 안갯속 같았다. 학교라는 낯선 환경에서 바쁘게 일해도 모든 게 뒤죽박죽이었다. 가르치는 일도 이론과 달리 여러 변수가 곳곳에 버티고 있었다. 그보다 더 곤혹스러운 건 과외 업무에 대해 아는 게 없어서 다른 선생들에게 일일이 물어보고 해야 한다는 점이었다. 처음엔 친절하던 그들도 자주 물어보니 귀찮아하는 눈치가 역력했다. 그중에서도 성격이 똑 부러진 염 선생은 매사에 일 처리가 분명하고 감정 표현이 직선적이었다. 그녀는 내가 질문을 할 때면 그 나이 되도록 그것도 모르느냐는 듯 시큰둥한 반응을 보였다. 자리가 사람을 만든다더니 당당한 염 선생에 비해 나는 소침해져 있었다.

내게 유독 친절한 사람은 사회 선생으로 삼십 대 초반의 총각이다. 나이답지 않게 탈모 증상이 있어 이마가 두드러져 보였다. 청바지 차림에 체크무늬가 들어간 밤색 재킷을 입고 있었다. 대학 다닐 때라면 눈길조차 주지 않을 것 같은 볼품

없는 외모였다. 그는 내가 곤란해할 때마다 흑기사처럼 나타나곤 했다. 자연스레 그에게 많은 것을 의지하게 되었다. 낮이 익어갈 무렵, 그가 둘이서 차 한잔하자고 했다. E 커피 전문점을 들어서자 짙붉은 색 원피스에 레이스가 화려하게 덧붙은 복장을 한 바리스타가 눈에 띄었다. 엷은 미소를 띠고 있었고, 밀크브라운 머리카락에 자연스럽게 흘러내린 웨이브가 새의 깃털처럼 가볍게 흔들렸다. 전체적인 분위기에 맞춘 색조 화장도 도드라졌다. 그는 바깥 풍경이 훤히 내다보이는 창가 자리로 안내했다. 메뉴판을 읽기 좋은 쪽으로 돌려서 내게 건네주었다.

"전 카페라테요."

넓은 이마가 더 드러나 보이는 2 대 8 가르마를 조금 헝클어주고 싶었다. 주문하는 사회 선생 쪽으로 얼굴을 돌렸다. 그 앞에는 바리스타가 우아한 동작으로 커피를 뽑고 있었다. 진한 커피 향이 희미한 주황색 불빛 속을 떠돌았다. 누구든 붙잡고 이야기를 나누고 싶은 달뜬 밤이었다. 외모에 비해 넉살이 좋은 그는 줄곧 뭐라고 떠들었다. 나는 적당히 웃음을 섞어가며 맞장구를 쳐주었다. 알림 벨 소리가 징징거렸다. 커피를 건네주는 바리스타의 눈빛이 강렬하다는 느낌이 들었다. 조용한 피아노 음률이 커피 향을 타고 흘렀다. 입구 쪽에 염 선생과 친구로 보이는 듯한 아가씨가 차례로 문을 들어섰다. 나는 얼른 눈길을 돌렸다. 그와 염 선생은 서로를 알아보았는지 눈인사를 나누었다. 염 선생은 나를 애써 외면하고 우리가 자리 잡은 반대쪽 자리에 가서 앉았다. 이만 집에 들어가 봐야 할 것 같다며 나는 자리에서 일어났다. 그는 어딘지 모르게 허둥대면서도 나를 따라 몸을 일으켰다.

염 선생이 두 사람을 흘겨보는 듯했다. 집까지 바래다주겠다는 그의 호의를 거절하고 버스에 탔다. 내가 정식 교사였어도 이런 기분이었을까? 염 선생을 보면 죄를 짓는 듯한 그런 마음은 무엇이었는지 알 수 없었다. 나는 왜 그들 앞에서 자꾸만 작아져야 하는지 그래서 모래알갱이가 되어버리는 건 아닌지 엉뚱한 상상까지 드는 것이었다. 골목길을 걸어 들어오면서 나를 따르는 그림자를 보며 걸음을 빨리해서 집으로 들어왔다. 그림자가 나를 따르는 것이 아니라 잡으러 오는 것 같은 착각이 들었다. 몸과 마음이 녹초가 되었지만, 엄마에겐 내색을 하지 않았다. 옳은 직장에 다니지 않는 딸에게 고운 말이 나올 리 없다는 걸 몸이 반사적으로 알아차렸다. 방문을 닫고 씻지도 않은 채 잠자리에 누웠다. 피곤한 몸과 달리 정신은 자꾸만 또렷해졌다. 버스정류장으로 향하는 내 뒤를 가만히 따르던 사회 선생의 모습이 까만 허공 속을 맴돈다. 나는 말끔하게 단장된 잔디 위에 누워 그를 향해 손짓한다. 다가온 그를 부여안고 그의 입술에 내 입술을 갖다 댄다. 하나, 둘, 셋. 숫자를 세는데 바람 부는 소리가 들렸던가. 밤늦은 시간까지 뒤척이다 희붐한 새벽녘에야 잠이 들었다. 설핏 눈을 떴음에도 머릿속은 지난밤 그 생각으로 꽉 차 있었었다.

기다림에 지쳐 잇따라 마셔댄 물과 커피 탓인지 요의를 느꼈다. 코트를 자리에 벗어두고 화장실로 향했다. 평소에 깨끗하던 화장실이 그날따라 휴지가 넘쳐서 바닥에 흩어져 있었다. 산더미처럼 쌓인 휴지통에는 아무렇게나 내던져진 생리대도 눈에 띄었다. 지린내가 코를 찔렀다. 물기가 축축한 바닥에 신발 자국이 찍혀서 타일은 거무스레했다. 아스팔트 위의 구토물을 봤을 때처럼 몸이 떨리면서 헛구역질이 나왔다. 이런 찝찝한 감정은 언젠가 경험한 것 같았다. 염 선생과 맞닥뜨릴 때면 여지없이 찾아오는 느낌이다.

기말고사 성적 처리가 마무리된 날, 교무 주임이 회식 있으니까 아무도 빠지지 마라며 선생들을 휘 한 번 둘러보았다. 일을 제때에 못 끝내서 퇴근이 늦을 것 같았다. 시험 때문에 문제 내고, 성적 관리 등을 신경 쓰다 보니 처리해야 할 서류가 밀려 있었다. 회식에 가려면 낮에 세 건의 서류를 처리해야 했다. 경력 있는 선생들은 십 분이면 될 것을 한 시간 넘게 걸려도 처리를 못 했다. 마음이 바빠졌다. 내 표정이 안 좋은 걸 느꼈는지 그가 튀어나온 입을 벙싯거리며 다가왔다. 그를 보자 나도 모르게 푸념이 쏟아졌다.

"오늘까지 작성해야 할 서류가 세 건이나 있어요."

"그게 뭐 많다고 엄살이에요? 이런 일은 제가 전문이죠. 퇴근 전에 완벽하게 해놓을게요."

학교에서 그리 멀지 않은 횟집에서 회식이 있었다. 떠들썩한 분위기 속에 교장이 소주병을 들고 한 바퀴 돌았다. 한 잔 따라 주고 술을 마시지 않으면 지나가지 않는 방식이었다. 교장은 내 어깨에 손을 얹고, 다음에도 우리 학교로 오라며 번들번들한 미소를 띠었다. 이 손 치워주실래요. 하고 싶은 말은 입속으로만 맴돌았다. 강제로 마시게 하는 분위기가 맘에 안 들었지만, 그 한 잔으로 기분이 알딸딸해졌다. 그동안 쌓인 스트레스 때문인지 술이 달게 느껴졌다. 마음은 쉬고 싶은데 몸은 번다한 일상에 놓여 있었다.

염 선생이 나를 혐오하는 듯한 표정으로 쏘아보며 나와 마주 앉은 사회 선생과 귓속말을 주고받았다. 그녀는 경고하듯 나를 쏘아보았다. 내게 술을 따라주는 그의 얼굴에 미소가 번졌다. 그녀는 불만 있는 사람처럼 다른 선생이 따라주는 술을 사양하지 않고 마셔댔다. 주위가 너무 시끄럽다고 느낀 순간 사람들의 말소리가 들리지 않았다. 입만 벙긋거리는 모습을 보니 무성영화처럼 우스꽝스럽게 보였다. 저들은 도대체 무슨 말을 하는 거지? 내 얘기를 하는 건 아닐 테지. 이런 바보.

사람들이 하나둘 시야에서 사라지고 나는 사회 선생과 함께 서 있었다. 언덕 위의 집이다. 그곳엔 안락의자가 놓여 있고, 창밖에는 자주색 모란이 끝도 없이 피어 있다. 벙근 꽃봉오리 사이사이에 활짝 핀 꽃술에서 모란 향이 퍼져 나온다. 까무룩 정신을 잃듯 향기에 취해 바람을 맞으며 안락의자에 앉아 있는데, 누군가 내 입술을 더듬는 것이 느껴진다. 나는 정신을 차리려고 애를 쓴다. 몸을 일으키려 하는데 뭔가 무거운 것이 몸을 내리누르는 느낌에 움직일 수가 없다.

"하 선생님은 촉촉한 눈이 매력적이에요."

어스레한 침대 위, 그는 내 위에 올라와 있고, 우리는 얼굴을 마주한 채 아랫도리를 포개고 있었다. 그의 말 한마디, 몸짓 하나하나에 감전이라도 된 듯 꼼짝할 수가 없었다. 그가 내 입술을 열고 들어왔다. 이러면 안 되는데 하는 생각은 잠시, 내 입술은 그의 혀를 찾고 있었다. 아랫도리에 힘이 풀리는 듯했다. 나는 그의 등을 감싸 안았다. 후텁지근한 공기가 침대 주위를 에워쌌다. 싱싱하던 모란꽃 이파리에서 비린내가 나는 것 같았다. 하얀 시트 위에 혈흔을 본 그는 생뚱맞은 표정으로 놀라는 눈치였다. 미안해하는 그 앞에서 나는 시니컬한 표정을 지으며 못내 모른 척했다. 그에게 의지해 긴 수

험생활을 마감하고 싶은 마음이 있었지만, 결코 그 말을 하지는 않았다. 사랑은 먼저 말하는 사람이 진다는 말을 굳게 믿었다. 오랫동안 원하는 것을 가져보지 못한 사람의 패배의식 같은 건지도 몰랐다. 격정의 시간 후에 찾아온 차가운 몸의 느낌이, 방 안의 진득한 공기가 폐렴을 앓는 환자의 가슴처럼 옥죄어 왔다.

"어서 와요. 하 선생님."

교무 주임의 말에 사람들이 모두 나를 쳐다봤다. 술자리에서 입은 옷을 그대로 입고 출근한 것이 신경 쓰였다. 염 선생은 한심하다는 듯한 표정을 짓고는 차갑게 고개를 돌렸다. 그녀는 이유 없이 밉상을 떨었다. 속이 쓰리고 신물이 올라왔다. 편히 쉬지 못한 몸이 공중에 붕 뜬 듯 몽롱하고 피곤했다. 현실감이 없는 사람들의 모습이 낯설었다. 현실과 머릿속 생각의 괴리 속에서 어지럼증을 느꼈다. 커피믹스를 컵에다가 붓고 진하게 한 잔 탔다. 위염을 자주 앓는 편이지만 정신을 차려야 했다. 궤도를 벗어난 열차처럼 일상에서 나만 동떨어진 기분이었다. 그는 수업에 들어가고 염 선생과 나머지 다섯 명의 교사는 교무실에 남아 있었다. 교재 연구를 하고 있는데 염 선생이 나만 빼고 음료수를 돌렸다. 남은 게 없어서요, 라며 염 선생은 말꼬리를 잘라먹었다. 비타민 음료를 마시며 즐겁게 웃는 선생들 속에서 머쓱하게 앉아 책을 읽느라 눈동자를 굴렸다. 시선은 한 자리에서 더 나아가지 못했다. 나는 같은 문장을 반복해 읽고 있었다. 울컥 설움이 북받쳐 올랐지만 입을 앙다물었다. 염 선생은 그가 없을 때면 은근슬쩍 내 속을 뒤집는 경우가 많았다. 동전의 양면처럼 여우와 양의 모습으로 탈을 바꾸어 썼다. 염 선생에 대해 치사해지고 좁아지는 마음을 다스리기 힘들었다.

퇴근하고 사회 선생과 저녁을 함께 먹기로 했다. 속풀이로 시원한 해장국을 사주겠다는 말에 웃음으로 답한 것이다. 콩나물 해장국을 시켜놓고 그와 마주 앉으니 생경한 느낌이 들었다. 보글보글 끓는 소리와 함께 뜨거운 김이 오르는 해장국을 한 숟가락 뜨니 서러움이 북받쳐 올랐다. 핑 도는 눈물을 억지로 참으며 부지런히 숟가락을 놀렸다. 그는 연신 떠들면서 우적우적 콩나물을 씹어댔다. 걱정이 별로 없는 그의 모습에 나는 안심이 되었다.

두 시간 이상을 기다려본 사람은 안다. 오랫동안 오지 않는 사람을 혼자서 기다리는 시간이 얼마나 더디 흐르는지를.

그가 앉아 있어야 할 자리는 아직도 비어 있었다. 나는 자주 커피잔을 들었다 놓았다 했다. 오늘따라 파란 꽃이 새겨진 바리스타의 원피스는 더 여성스럽고 세련된 느낌을 자아냈다. 마주 앉아 커피라도 한잔했으면 싶었다. 멀리서 흘끔거리며 쳐다볼 때마다 내게 미소를 짓는다는 착각이 들었다. 움직일 때마다 원피스에 그려진 꽃무늬가 살아 꿈틀대는 듯했다.

커피는 싸늘하게 식었지만, 커피 향은 남아 코끝을 스쳤다. 노파의 지팡이처럼 긴 기다림은 기대를 절망으로 바꾸었다. 시계를 보니 10시가 가까워지고 있었다. 나는 식은 커피를 한 모금 넘겼다. 커피가 식도를 타고 넘어가는 느낌이 생생했다. 출입문이 열리는 기척에 고개를 들었다. 그와 염 선생이 나란히 들어오고 있었다. 두 사람은 입꼬리를 올리며 웃었다. 주변에 둘만 존재하는 것처럼 서로에게 시선을 떼지 않았다. 언젠가 나를 쳐다보던 그의 눈빛과 닮았다. 나는 그 사람의 배경이 되고 만 느낌이었다. 비눗방울 속에 갇힌 사람들처럼 다른 세계 속에 존재하는 그런. 순간 몸 둘 바를 몰라 고개를 숙였다. 염 선생이 그런 내 모습을 먼저 본 것 같았다. 이제까지와는 달리 친절하게 대하는 염 선생도 어색하고, 몸이 불편한 사람처럼 어정쩡하게 서 있는 그는 나를 더 난감하게 했다. 이곳에 모습을 드러낸 걸 보면 나와의 약속을 깰 만큼 중요한 일이 있었던 건 아닌 모양이다. 뺨이라도 한 대 올리고 싶은 마음을 간신히 억눌렀다. 미련 때문인지, 자존심 때문인지 분노는 행동으로 나아가지 못했다. 인사를 하는 둥 마는 둥 나는 그곳을 벗어났다.

집까지 걸어가기엔 꽤 먼 거리였지만 나는 버스를 탈 생각은 하지 않았다. 분위기 바꾼다고 신은 구두는 발에 통증을 몰고 왔다. 위가 쓰리고 아팠다. 신경성 위염 증세가 또 시작된 것이다. 취업 재수를 하면서부터 나타난 증세다. 밤의 현란한 조명들이 질주하듯 움직였다. 간판과 자동차 불빛이 어지럽게 섞이며 흔들렸다. 유성 하나가 길게 사선을 그리며 떨어졌다. 밤하늘에 희미한 별빛이 유성이 되어 떨어지듯 어디론가 사라질 수 있다면.

그와 염 선생은 포옹을 하겠지. 염 선생이 먼저 입맞춤을 하기 시작하고, 그의 긴 팔이 지금 염 선생의 허리 쪽으로 내려올 때다. 염 선생은 육감적인 엉덩이를 흔들며 그에게 밀착한다. 염 선생의 가슴이 커지고, 피가 흘러나와 그녀의 아랫도리를 적신다.

집에 도착하자마자 가방을 방 안으로 휙 집어 던지고 화장대 앞에 앉았다. 거울에 비친 내 모습이 유령처럼 보였다. 옷에서 시큼한 땀내가 났다. 옷을 갈아입고 싶다.

"카페모카 한 잔, 카페라테 한 잔요."

"잠시만 기다리세요."

약간은 지쳐 보이는 바리스타의 목소리가 걸걸했다. 오늘은 중성적이라고 하기보다 오히려 남자의 목소리로 들렸다.

화려한 외모에 비해 목소리가 굵다고 느꼈다. 손가락에 검은 털이 뾰쪽뾰쪽 올라와 있었다. 살점 없이 불거져 보이는 손마디와 레이스로 감췄지만 가끔 드러나는 목젖이 도드라져 보였다. 나는 고개를 갸웃거렸다.

"저기 저 바리스타 남자예요."

"어쩐지 목소리가 허스키하더라니……."

여자에서 남자로 바뀐 아니 남자에서 여자로 변장한 바리스타에게서 알 수 없는 슬픔이 느껴졌다. 진동 소리가 나자마자 나는 재빨리 바리스타에게로 갔다. 언제부터 여장을 하게 되었냐고 물으니 삼 년 전부터라고 대답했다. 궁금증이 일었지만 더 묻지 않았다. 커피를 들고 내 자리로 오는데 옆자리에 앉은 사람들이 작은 소리로 얘기를 나누고 있었다. 바리스타에 대해서였다.

"바리스타에겐 앳된 동거녀가 있었는데 너무 사랑스러워 항상 같이 다니고, 외출도 못 하게 했대. 바리스타는 그걸 사랑이라고 믿은 거지. 친구들과 계 모임이 있던 날, 그녀를 심하게 때렸대. 이유는 다른 남자와 웃으며 농담을 하고 눈 맞추며 얘기했다는 거였지. 의심과 불신은 그녀의 얼굴과 몸에 시퍼런 멍 자국을 남겼는데 다음날 새벽에 말없이 사라졌다는 거 아냐."

"그래서 어떻게 됐어?"

"일 년 동안 동거한 그 여자가 말없이 집을 떠나고 바리스타는 우울증에 걸렸대. 한동안 커피 가게도 열지 않고 세상과 담을 쌓은 채 동거녀를 찾아 헤맸는데 처음부터 이름을 속인 그 여자를 찾는 일은 백사장에서 잃어버린 반지를 찾는 것만큼이나 어려웠다는 거 있지. 바리스타는 한동안 칩거에 들어갔대. 그러던 어느 날 그녀가 두고 간 옷이 옷장에 남아 있는 것을 보니 그녀를 본 듯 반가웠대. 바리스타는 그 옷을 끌어안고 미친 듯이 울다가 마침내 입어 보게 되었는데 그녀가 돌아온 듯 마음이 편안해졌다는 거야. 그 뒤로 사람들의 따가운 시선에도 항상 여자 옷을 입고 다닌대."

"어쩜, 멋지다!"

나는 옆자리의 사람들이 하는 얘기를 귀 기울여 들었다. 세련되고 민첩한 몸놀림의 그녀, 아니 그에게 그런 비의가 숨겨져 있을 줄은 상상도 못 했다. 커피를 마시는 동안 바리스타를 흘금흘금 쳐다봤다. 화려한 옷차림 속에 감춰진 내밀한 풍경을 엿보고 싶었다. 바리스타의 변신은 내 호기심을 끌기에 충분했다.

스물여덟의 나이에 신입으로 좌충우돌하며 지내다 보니 어느새 떠나야 할 시점이 되어 있었다. 근무하는 동안에는 내가 정말 교사가 된 것 같은 착각이 들었는데 떠나야 했다.

당분간은 도서관을 오가며 공부하면서 일자리를 알아보는 시간이 반복되겠지. 책꽂이와 서랍을 정리하기 시작했다.

"서운해서 어떡하지요? 자리 나면 또 오실 거죠?"

그의 말은 영화 속 풍경처럼 학교에서 나란 존재에 대해 의미를 부여하기엔 모자랐다. 땜장이처럼 잠시 틈을 메우는 존재. 주인공이 나타나면 언제든 가방을 싸야 하는 단역 배우처럼 나는 이제 현장을 떠나야 하는가.

송별회를 해준다면서 레스토랑에서 그가 사주는 저녁을 먹었다. 칵테일을 한 잔씩 곁들였다. 소량의 알코올에도 얼굴이 조금 상기된 그날 밤, 그는 레스토랑에서 가까운 H 모텔로 나를 이끌었다. 내가 갈망하던 로맨스 소설 같은 일이 일어난 것이다. 세차게 안았던 손을 풀고 그가 내게 한 말은 사랑해, 그 한마디였다. 우리 집이 있는 골목길까지 바래다주면서도 내 손을 꼭 잡고 걸었다. 내 손가락을 만지작거릴 때마다 몸에 소름이 돋았다. 그것은 미세한 떨림과도 같이 일정한 간격으로 온몸으로 퍼져나갔다.

봄을 재촉하는 비가 내렸다. 눅눅하고 습한 기운이 점령군처럼 방 안을 잠식하고 있었다. 몸이 무거웠다. 쉬고 싶어도 엄마가 일거수일투족을 간섭하며 악다구니를 칠 것이 뻔해서 주섬주섬 책을 챙겼다. 도서관에 가 있으면 의미 없는 신경전을 벌일 일이 없었다. 공부를 하면서도 자꾸 의욕이 떨어지고, 혼자 길을 헤매는 듯한 어둠 속에서 얼마나 떨어야 했는지 엄마는 모른다. 그저 네가 잘 되는 것이 우리 가정의 행복이라는 엄마의 말이 공감을 불러일으키지 못하는 이유를 나는 알지 못했다. 차창 밖 자욱한 물안개가 이별한 연인들처럼 눈물방울을 만들어냈다. 열람실 창문에 비가 후드득 떨어졌다. 비 오는 날엔 정신없이 바람에 날리는 빗방울처럼 마음이 심란해졌다. 맘속 깊은 곳에도 비가 내리는 건지 모르겠다. 비가 모여 강이 되고 바다에 이르듯이 나도 비처럼 흘러서 넓은 바다로 흘러들고 싶다. 비는 그리움이라는 등식을 세워보았다. 너무 단조로운 비유다. 비는? 생채기가 나더라도 바다에 가 닿을 수만 있다면……. 커지는 빗소리에 몸이 축축이 젖어 들었다. 어디에도 제대로 편승하지 못하는 자신 때문에 입술을 잘근잘근 깨문다. 수험 생활을 할 때는 목표의식이라도 뚜렷했는데 지금은 집중이 되지 않았다. 머릿속에서 그를 대체할 만한 사람을 떠올렸으나 아무도 생각나지 않았다.

책을 덮고 자리에서 일어났다. 자판기에다 동전을 넣고 설탕 커피를 뽑았다. 커피 향을 타고 바리스타의 화려한 의상이 떠올랐다. 어울리지 않는, 손가락의 털이 잔상으로 남아 있었다.

오늘도 집중하기는 글렀다는 생각이 들었다. 머릿속의 생각들을 블록처럼 쌓아 올릴 수 있다면 싹 정리를 하고 싶었다. 가면 속에 감춰진 갖가지 생각들을 단순화시키는 기계는 없을까. 피식 웃음을 흘렸다. 잡힐 듯 잡히지 않는 그가 보고 싶다. 학교를 떠난 후부터는 내가 그에게 오히려 연락을 하는 편이다. 그는 심각하지 않을 만큼의 거리에서 더 가까이 다가오지 않았다. 마치 보이지 않는 벽이라도 쳐진 듯 주변인이 되어 떠돌았다. 말한 적도 없었고, 말하지도 않겠지만, 그가 청혼한다면 결혼하고 싶은 마음이 있었다. 그는 털털한 모습으로 방어막을 치며 선을 그었다. 시험공부할 때 가끔 대화 상대는 있었지만, 마음을 열어본 적이 없었는데 처음으로 몸과 마음을 열었던 남자. 그는 지금 어디쯤 있을까? 공부도 사랑도 내가 안 해서 그렇지 마음먹고 하면 된다고 생각했다. 하지만 현실은 그게 아니라고 번번이 옐로카드를 들었다. 나는 경기에서 일찌감치 퇴장당한 선수처럼 무기력해졌다. 어슴푸레한 불빛들이 창 너머로 이리저리 흔들린다. 편의성만 쫓아가는 감정 때문에 지나간 상처조차도 잊고 지낸 것인가? 학습된 무기력으로 다람쥐가 쳇바퀴를 돌듯 같은 경로를 헤맨다. 오랜 상처가 아물기도 전에 다시 짓무르는 것 같았다.

합격자 발표를 클릭할 때까지도 은근히 기대를 하고 있었다. 내가 행운의 주인공이 아님을 알았을 때 예상외로 담담한 자신을 발견했다.

"또 떨어졌군."

자동차 소음이 귀를 어지럽히고, 매연 냄새가 심한 시가지 도로변을 기계적으로 전진하며 걸었다. 빠른 박자의 음악 소리가 붕붕거리는 차 소리와 섞여 머리를 어지럽혔다. 바쁘게 걷는 사람들 틈바구니에서 낯선 곳을 헤매는 여행객처럼 길거리를 배회했다. 길가의 가로수마저 일정한 자리를 잡고 도심 속에서 버젓이 제 역할을 하고 있었다. 신호등, 전봇대, 버스정류장, 보도블록, 상점 간판 들이 저마다 존재 이유를 내세우는 듯했다. 나는 뭔가? 존재에 대한 의문이 몰려왔다.

정신없이 걷다 보니 밤이 이슥해졌다. 귀소본능이 있었던지 집과 그렇게 멀지 않은 장소에 와 있었다. 지금까지 아무 소식 없는 딸에게 큰 기대를 하고 있진 않겠지. 가슴에 뭐가 걸린 것처럼 답답해져 왔다. 편의점에서 맥주 한 캔을 샀다. 수은등이 희뿌연 빛을 발하는 골목길 앞에서 캔을 꺼냈다. 밤의 정적 속에서 캔 뚜껑을 따는 똑딱 소리가 어둠을 갈랐다. 차가운 맥주를 단숨에 들이켰다. 목에 통증이 느껴지면서 가족들의 얼굴이 머릿속을 차례로 뒤흔들었다.

현관을 들어서자마자 뭔가 내 앞에 떨어졌다. 두꺼운 교육학 책이었다. 형광펜으로 친 밑줄, 군데군데 파란 동그라미와 빨간 펜으로 그린 별표가 어슴푸레 보였다. 8년을 보고도 더 봐야 하는 책이 흉물스럽게 널브러져 있었다. 내가 땅바닥에 팽개쳐진 것 같았다. 엄마는 그동안 쌓인 스트레스를 일거에 날려버릴 기세였다.

"너도 양심이 있어라."

"넌 뭐니? 니 아빠 친구 딸은 올해 첫 시험에서 합격했다는데."

"죄송해요."

"동생도 복학해서 돈 쓸 일 많다. 언제까지 이러고 있을 거냐?"

"……."

잠깐의 공백을 비집고 아빠가 말했다. 명퇴를 눈앞에 둔 아빠도 평소의 과묵함을 버리고 목소리를 높였다.

"공부를 하든 돈을 벌든 이제 니 앞가림은 니가 해야지."

"공부고 뭐고 다 때려치워라. 하다못해 시간강사라도 좋으니까 돈 벌러 가라. 다 큰 딸 뒷바라지하는 짓도 창피해서 더는 못하겠다. 어디 남자라도 있으면 시집이라도 가버렸으면."

엄마는 내 속을 박박 긁어놓았다. 요즘 괜찮다 싶은 남잔 죄다 맞벌이를 원하는걸요. 머릿속을 맴도는 말을 내뱉으면 엄마의 심기만 건드리게 될 것 같아 입을 다물었다. 부모님의 따가운 시선을 느끼며 방으로 피신한 후 문을 잠갔다.

아침에 일어나니 비가 그치고 집이 쥐죽은 듯 조용했다. 밥심으로 공부한다면서 꼬박 4년간 밥을 해주고 도시락을 싸주던 엄마는 달걀부침을 넣은 샌드위치를 구워놓곤 외출하고 없었다. 아빠는 일찍 회사에 가서 먹기 때문에 집에서 아침을 먹지 않았다. 나는 차갑게 식은 샌드위치를 베어 먹었다. 혓바늘이 돋았는지 입안이 깔끄러웠다. 한 입 베어 문 흔적이 있는 샌드위치를 물끄러미 쳐다보았다. 그의 호의는 무엇이었는지, 그날 밤 사랑 고백은 진심이었는지 혼란스러웠다. 나와의 약속을 깨고 커피 전문점에 염 선생과 나타난 후에도 별 연락이 없었다. 복잡한 심경으로 도서관으로 향했다. 버스 안, 저마다 바쁘게 움직이는 사람들 속에서 혼자만 방향감각을 잃은 듯 멍해졌다.

가방에서 휴대폰을 꺼내 그에게 전화를 걸었다.

"여보세요."

발신음을 열까지 셌을 때 드디어 시큰둥한 그의 목소리가 울려 나왔다.

"우리 만나요."

"그러든지요."

그의 모습을 마주하고 보니 많이 어색했다. 커피를 주문하고 서로의 눈을 피하는 침묵이 잠시 흘렀다. 나를 바라보는 그의 눈은 생기를 잃은 듯했다. 어떻게 말을 꺼내야 하나 망설이고 있는 사이 그가 먼저 입을 열었다.

"이런 말 어떨지 모르겠지만, 우리 친구처럼 지내요."

그의 작은 목소리가 증폭되어 퍼져나간다. 벽에 부딪힌 후 메아리가 되어 되돌아와 내 심장을 때린다. 예리한 쇠붙이가 가슴을 스치는 듯한 통증, 그런 나를 벽이 들여다보는 것 같다. 친구로 돌아가기엔 너무 멀리 왔다. 차라리 헤어지자고 하지. 그가 쓴 가면을 벗겨보고 싶다. 학교에서 잠깐 남의 역할을 대신했듯이 그에게 나는 대타에 불과했던 것인가?

알림 벨이 뒤집힌 풍뎅이 소리를 냈다. 그 소리를 무시하고 그의 얼굴을 쳐다봤다. 말간 얼굴에 근심이라곤 없어 보였다. 이제 넌 내게 아무런 의미도 없다고 말하는 것 같았다. 가슴이 울렁거리고 눈에는 이슬이 맺히려 했지만, 나는 안으로 입술을 깨물며 태연한 척 앉아 있었다. 이유가 뭐냐고 물었다. 그는 그냥, 이라고 간단히 대답했다. 매달리는 건 자존심이 허락하지 않았다. 이런 이별 장면은 나를 위해 준비된 것이 아니다. 나를 향해 반짝이던 눈, 입가에 설핏 서린 웃음이 한순간에 전혀 다른 세상에 놓일 수 있다는 게 믿기지 않았다. 구겨진 종이처럼 일그러진 표정의 나를 두고 그는 게임에서 이긴 승자 같은 얼굴로 유유히 그곳을 빠져나갔다. 그날 밤 사랑의 맹세는 물거품이 되어 날아간 것인가? 저마다의 생각들이 불협화음을 내듯 그와 나를 이어주던 끈이 보이지 않는다. 그리움이 단절된 공간 속으로 차가운 바람이 인다. 잿빛 허공 속에 그의 달콤한 말들이 비수가 되어 가슴을 찌른다.

기대 같은 건 이미 잊은 낱말인 줄 알았는데 내 몸에 아직 살아남아 있었나 보다. 의견 일치를 봐야 하는 상황에서 상대를 설득하지 못했을 때의 찝찝한 기분이 되살아나는 듯했다. 아직도 그에 대해 가지고 있는 따뜻한 체온만큼 가슴 한 구석이 아려왔다. 시곗바늘을 되돌려 더 적극적으로 다가간다면 상황이 달라질 수 있을까? 손에서 놓쳐버린 풍선을 하염없이 쳐다보는 아이처럼 허공을 바라봤다. 그는, 그의 웃는 모습은 어디에도 없었다.

앞머리가 숭숭 빠진 지나치게 넓은 이마, 어눌한 말투, 조화되지 않은 옷차림, 마음에 쏙 드는 이상형이 아니었어도 편안한 느낌에 믿음이 가는 인상. 외모가 주는 수수한 이미지도 거짓일 수 있다는 사실을 인정하고 싶지 않았다.

도서관에서 우연히 마주친 교무 주임은 나를 놀라게 하려는 듯 말했다.

"사회 선생님이 그렇게 오래 목을 매도 꼼짝 않더니 결혼을 한답니다. 여자 맘은 아무도 모른다니까요. 열 번 찍어 안 넘어가는 나무 없다더니……."

나에게 잘해주기 훨씬 전부터 그가 염 선생을 쫓아다녔다는 말이다. 그가 없을 때면 여지없이 내게 스트레스를 주곤 하던 염 선생의 차가운 얼굴이 나를 향해 콧방귀를 뀌는 듯했다. 내가 안정된 직장을 갖지 못했다는 것이 그의 선택에 어떤 영향을 끼쳤을까? 무의미한 생각이 너울처럼 몰려들었다.

비밀번호를 누르고 출입문을 들어서니 거실에는 아무도 없었다. 내 방 쪽으로 가는데 뭔가 꺽꺽거리는 소리가 났다. 내 방에서 나는 엄마 소리다. 우는 소리가 점점 커졌다. 숫제 통곡하는 것 같다. 내게 독한 말들을 쏟아내며 냉정한 척했지만, 그동안 엄마는 울고 싶은 마음을 꾹 누르고 있었는지도 몰랐다. 아니면 나 몰래 저런 울음을 몇 번이나 울었는지도 모를 일이었다. 내 눈에도 찝찔한 것이 고였다.

나는 정신없이 집 밖으로 뛰쳐나왔다. 즐비하게 늘어선 간판들이 파도처럼 단번에 덮칠 듯하다. 탁탁 내딛는 내 발밑에서 각진 보도블록들이 비명을 지른다. 옷이 축축해질 정도로 달려 남성복 할인 매장에 도착한다. 그곳에서 중성적인 느낌의 남성 정장을 한 벌 산다. 오는 길에 미용실에 들러 긴 생머리를 잘라내고 짧은 커트를 해달라고 주문한다.

"후회 안 할 자신 있어요?"

단골 미용사의 말에 나는 고개를 두어 번 끄덕인 것 같다. 미용사의 거침없는 손놀림으로 내 머리카락은 조금씩 짧아진다. 가위가 내는 소리는 재깍대는 초침 소리처럼 가볍다. 머리카락에 묻은 기름때와 먼지도 함께 잘려나간다. 다 잘린 머리를 보니 거울 속에 남자 같은 여자가 앉아 있다.

입고 있던 외출복을 벗는다. 산 지 오래되지 않았지만 왠지 빛이 바랜 듯 후줄근해 보인다. 몰라보게 여윈 무릎뼈가 앙상하게 드러난다. 무의 속살처럼 하얀 허벅지 사이의 음부가 유달리 눈에 띈다. 치모가 물길에 쓸린 잡풀처럼 납작하게 누워있다. 세트로 된 남성용 속옷으로 갈아입는다. 흰 남방을 입은 후 단추를 하나하나 채운다. 보라색 넥타이의 매듭을, 열어둔 첫째 단추를 지나 두 번째 단추 아래에 걸쳐지도록 느슨하게 맨다. 검정 바지 위에 심플한 디자인의 허리띠를 매고, 그 위에 양복 윗도리를 걸쳐 입어본다. 짧게 잘린 머리카락, 검정과 하양이 대비된 무채색의 남성복 차림. 제법 남자 같은 모습이다. 환골탈태. 기다리던 순간이다. 나는 거울을 보고 입꼬리를 올리고 웃어본다. 바리스타의 레이스 달린 화려한 옷이 오버랩 된다. 약간은 낯선 모습의 내가 거울 속에서 나를 쳐다보고 있다.

| 해설 |

참된 삶의 상실과 슬픔
—정정화의 소설세계

구모룡(문학 평론가)

일찍이 나는 정정화의 「고양이가 사는 집」을 통하여 작가로서 가능성을 만난 바 있다. 제2 소설집 『실금 하나』에 실린 8편의 작품들은 한결같이 위선과 거짓이 팽배한 현실에서 참된 삶을 찾아가는 이야기들이다. 참된 삶의 거처가 어디일까? 알랭 바디우는 성, 돈, 권력이 참된 삶을 가로막는 타락의 삼 요소라고 한다. 그의 말처럼 오늘날의 삶을 구성하는 관계는 늘 이 세 요소의 개입으로 훼손되고 있다. 올바르고 좋은 삶을 추구하는 개인들은 끊임없이 좌절을 겪는다. 진정한 자아를 실현하려는 노력이 모순과 억압으로 차단되기도 한다. 일탈과 배회, 방황과 저항이 진정성을 표출하는 방식이 되었다. 그만큼 사회는 타락하였고 개인은 출구를 잃었다. 소설가 정정화가 재현하는 현실 세계도 이와 같다. 그녀는 가족관계와 사회적 관계에서 일그러진 사람들의 구체적인 삶을 주목한다. 가족(「기억하고 싶은 이야기」, 「201호 병실」), 부부(「돌탑 쌓는 남자」, 「실금 하나」), 학교와 회사(「가면」, 「너, 괜찮니?」, 「크로스 드레서」), 친구(「빈집」) 등으로 동심원을 그리면서 삶의 구체를 좇는다.

먼저 서술의 관점에서 「201호 병실」를 살펴보자. 병실의 철제 침대를 의인화하여 일인칭으로 극화하면서 서술하는 방식이 특이하다. 전지 서술이 지닌 주관의 측면을 객관으로 인식하게 만드는 효과를 의도하였다. 간병인이 상주하는 병실에 입원한 여성 노인 환자들과 이들의 가족이 만드는 소소한 사건을 그린다. 이러한 과정에서 작가는 장면들을 극적으로 제시하여 생동감을 더한다. 대화와 묘사와 설명을 적절하게 배치하여 현장성을 얻어낸다. 스쳐 지나는 삽화도 병원의 풍경을 의미 있게 한다. '설아 씨'의 사연과 죽음이 그렇다. 아픈 노인을 매개로 가족 내부의 갈등이나 문제가 그대로 드러난다. 딸을 차별하거나 헌신적인 딸보다 이기적인 아들에게 의존하려는 경향이라든가 아픈 노인 사이에도 경쟁과 질시가 노골적인 모습을 보이는 대목이 그러하다. 평정심과 배려를 지닌 이조차 보이지 않는 병세의 악화로 성정이 예민해지고 날카로워지는 양상을 갖는다. 함께 병실에 있던 사람의 죽음이 던지는 공포는 크다. '중환자'로 들어와 죽어 나가는 이의 모습을 보면서 여타의 노인들은 심리적인 동요를 크게 일으킨다. '요양원'으로 옮겨가지 않겠다는 '안 노인'의 결연한 태도는 죽음에 대한 공포와 연관된다. 노경(老境)이 지니는 청담(淸淡)의 마음은 하나의 이상일 뿐이다. 병들어 고통받는 사람에게서 존재의 위엄을 구하긴 어렵다. 고통은 자기중심적인 문제이다. 「201호 병실」은 죽음이 임박한 중환자 노인과 여전히 소유와 삶에 집착하는 노인과 서서히 목숨이 소진되고 있는 노인들이 보이는 의식 현상을 잘 그리고 있다. 이들과 더불어 자식들과 간병인의 헌신과 이해타산을 구체적인 세목으로 결부함으로써 의인화된 사물의 일인칭 시점이 지닌 효과를 충실하게 발휘한다.

환자인 노인들을 전경화하여 서술한 「201호 병실」과 달리 「기억하고 싶은 이야기」는 급작스럽게 뇌출혈을 일으켜 쓰러진 노인을 카메라 수법에 가까울 만치 밀도 있게 서술한다. 「201호 병실」이 의인화된 침대의 위치에서 조망한 방법과 다르게 서술대상을 따라가면서 장면을 포착하고 있다. 사실을 하나도 놓치지 않고 더욱 세밀하게 그리려는 작가의 의도를 반영한다. 이는 '기억하고 싶은 이야기'라는 소설의 표제와도 유관하다. 초점을 이동하면서 서술대상을 부각한다. 노인뿐만 아니라 노인이 쓰러지면서 등장하는 아들 '주석'과

며느리 '민서' 그리고 딸 '주영'까지, 서술자는 초점화를 통하여 어느 한 사람도 놓치지 않는다. 필요한 만큼의 설명으로 속도를 만들다 대화와 장면으로 구체적인 정황을 보여주는 작가의 서술능력이 돋보인다. 다급하게 수술을 하고 중환자실을 거쳐 어느 정도 회복한 노인은 요양병원을 선택한다. 「201호 병실」에서 요양원으로 가기를 바라지 않는 노인이 있듯이 노인을 위한 기구들은 대개 말년과 죽음의 방식과 연관된다. 자발적으로 요양병원으로 가겠다는 노인은 자식을 끝까지 배려하겠다는 마음을 표현한다. 「기억하고 싶은 이야기」는 발병에서 죽음에 이르는 과정을 통하여 노인이 거처하는 장소의 이동과 죽어가는 이의 몸의 변화와 고독한 내면을 서술한다. 더불어 그를 대하는 자식들의 심경과 욕망이 고스란히 노출된다. 누나인 '주영'에게 고분고분하고 그녀의 의도를 알면서도 묵인하는 '주석'은 어머니로부터 집을 얻어내려는 '주영'과 더불어 자식들의 서로 다른 태도와 욕망을 대변한다. '주영'에게 어머니는 집과 구분되지 않는다. 어머니를 소유하는 일이 곧 고향 집의 소유로 이어진다는 생각을 품고 있다. 이러한 생각이 어머니를 자신의 거주지에서 가까운 요양원으로 옮기고 마침내 자신의 집으로 데려오는 상황을 만든다. '주영'의 이러한 욕망이 새로운 사건을 유발하면서 오히려 어머니의 죽음을 재촉하는 결과를 초래한다. 노인의 질환이 더 악화하면서 그의 기억은 온통 과거로 향한다. 며느리를 알아보지 못하다 마침내 딸인 '주영'을 몰라본다. 병원에서 시작하여 요양병원을 거쳐 요양원에 머물다가 딸의 집에서 넘어져 다쳐 다시 병원에 입원하였다 요양원으로 가지만 병세가 악화하면서 마침내 병원에서 죽음을 맞는다. '병원-요양병원-요양원-딸의 집-병원-요양원-병원'의 과정은 집을 떠나 죽음으로 가는 경로에 다를 바 없다. 더군다나 자식들이 숨죽이며 임종을 지켜보는 위엄도 사라지고 없다. '주영'은 유언을 이끌어서 집을 차지하려는 욕망에 사로잡혀 있을 뿐이고 의사와 간호사는 죽음에 이르도록 환자를 관리한다. 죽어가는 가는 사람은 끝까지 고독하기만 하다. 작가는 존엄한 죽음이라는 의례가 실종된 현실에 대하여 비판의 시선을 거두지 않는다. 참된 삶의 실종에 대한 슬픔의 표현이다.

「기억하고 싶은 이야기」의 어머니가 병원에서 죽는다면 「빈집」의 어머니는 아들을 도회로 보내고 섬 집에서 홀로 죽음을 맞는다. 이러한 사실도 모르고 있던 아들이 섬으로 귀환하는 데서 소설은 시작한다. 선배인 '기태'에게 사기를 당하고 빈털터리가 되어 고향으로 돌아온 '현수'의 이야기이다. 순수하고 착한 성품을 지닌 '현수'는 '기태'가 만든 덫에서 빠져나오지 못한다. 여러 가지 징후가 있었으나 그에 대한 믿음을 잃지 않는다. 둘 사이에 '차미영'이라는 여성이 매개된 사실도 이와 연관된다. 낭만적 사랑에 대한 꿈은 '현수'의 이성을 마비시킨다. 이 또한 '기태'가 만든 장치일 뿐인데도 말이다. 사랑과 신뢰라는 '현수'가 품은 가치는 돈을 차지해야만 하는 '기태'의 욕망으로 인하여 여지없이 파괴되고 만다. '미영'과 함께 한 낚시에서 올라온 '불가사리'는 소설의 복선이자 순진한 '현수'의 관계에 대한 미망(迷妄)을 암시한다. 소설의 시간은 '현수'가 섬 집으로 찾아드는 과정이다. 격자 형식으로 이러한 과정에 과거의 시간을 소급한다. '미영'과 '기태'의 양심에서 발현한 행위조차 제대로 인식하지 못한 그는 모든 돈을 잃고 만다. 이러한 그가 돌아갈 곳은, 어머니가 있는 섬 집뿐이다. 하지만 그에게 더 큰 비극이 기다리고 있다. 바로 폐허에 가까운 섬 집과 어머니의 비참한 주검이다. '기태'에게 속고 '미영'에게 들려 잊고 지낸 어머니의 처참한 형국이다. 돈이 소중한 사람과 귀중한 가치를 앗아가 버렸다.

진정한 자아를 짓밟는 위악은 도처에서 발생한다. 보험회사는 말할 것도 없고 학교조차 예외가 아니다. 「가면」은 친밀성의 거래로 승승장구하는 '가희'와 부조리하고 위선적인 조직에 마침내 맞서는 '정민'의 이야기이다. 이 소설에서 '가희'는 「빈집」의 '미영'보다 훨씬 속악하다. '미영'에게 남은 양

심은 미미하나 개선의 여지로 작동할 수 있다. 하지만 '가희'에겐 이러한 여지조차 자리하지 않는다. 이 소설은 진정성을 상실하고 돈과 실적에 종속된 가면의 생을 가면을 무기로 뒤집는다. 타락한 세계에서 진정한 가치를 추구하는 소설은 타락한 방식을 선택할 수밖에 없다는 루시앙 골드만의 명제를 되새기게 한다. 팀장인 '가희'는 "지점에서 실적이 가장 높은 명인이 되면 같은 조인 정민에게도 보상이 있을 거"라고 하면서 '정민'의 실적을 가로챈다. '송가희'는 지점장을 위시하여 유력한 고객에게도 성적인 거래를 일삼는다. 이러한 행위를 바탕으로 보험왕에 뽑히면서 이를 기념하는 가면무도회가 열리게 된다. '정민'은 이러한 상황을 활용하여 사실을 확인하고 진실을 폭로하기에 이른다. '돈과 친밀함은 교차지점에서 갈등, 혼란, 타락을 초래하는 모순'과 이어진다. 특히 권력과 자본을 지닌 남성과 여성 사이에서 이러한 현상은 빈번하게 지속한다. '가희'의 성과주의는 이러한 모순에 기반하고 있다.

정민은 마음이 다급해졌다. 잠깐만요. 소리를 지르며 무대로 뛰어나갔다. 마이크를 들고 음악을 잠시 꺼달라고 했다. 무도회장은 일시에 조용해지고 사람들의 시선은 절규 가면을 쓴 정민에게 집중됐다.

"보험왕은 무효예요. 제 실적을 뺏어갔어요."

웅성거리는 소리와 함께 설계사 한 명이 손을 번쩍 들고 소리를 질렀다.

"저요, 저도 당했어요."

여기저기서 저도요, 하는 소리가 울렸다. 본사 사장은 강남 스타일 가면을 벗고 믿기지 않는다는 듯이 입을 벌렸다. 표정은 싸늘하게 굳어 있었다. 가희는 사람들 사이를 뚫고 화장실 쪽으로 난 어둡고 좁은 공간으로 부리나케 달려갔다. 그 뒤를 지점장이 그림자처럼 따라갔다. 정민은 사람들 사이를 뚫고 입구 쪽으로 걸어갔다. 가면을 벗어 머리 뒤쪽으로 넘겼다. 은빛 조명 아래 땀방울이 사방으로 튀었고, 얼굴에는 땀이 뒤범벅되어 번들거렸다. 땀을 훔치는 정민의 뒤로 절규 가면이 거꾸로 매달려 있었다. 사람들은 정민에게서 시선을 떼지 못했다.

이와 같은 결말은 이 소설의 밑자리이자 작가의식의 기저라 할 수 있다. '가면무도회' 같은 보험회사에서 가면의 생을 이어가고 있는 사람들이 가면을 벗어던지는 상황이다. 참된 삶과 진정한 자아에 대한 염원의 발로이다. 이는 현실주의적 폭로이며 여성주의로 나아가는 길목이다. 「너, 괜찮니?」와 「크로스 드레서」는 돈과 권력으로부터 주변에 있는

20대 후반의 비정규직 들의 이야기이다. 이들도 부당한 현실에 저항하거나 정체성의 위기를 경험하는 점에서 「가면」의 계보를 잇는다. 심리 묘사가 뛰어난 이 두 편의 소설은 보다 페미니즘 소설에 가깝다. 「너, 괜찮니?」가 동거하는 남성과 여성의 이야기라면 「크로스 드레서」는 크로스 드레싱을 행하는 남성과 여성을 병치하면서 금기에 도전하는 이야기를 전개한다. 후자에 등장하는 바리스타는 폭력적인 남성에서 여성적인 자아로 변신하기 위하여 여장한다. 비정규직 교사로 '사회 선생'으로부터 사랑을 얻지 못한 주인공 '나'(하 선생)는 남성과 제도라는 이중의 권력으로부터 소외되고 피해를 겪는 여성이다. 상처를 치유하는 방식으로 중성적인 남성복으로 남장한다. 이들은 트랜스젠더가 아니다. 다만 사회적 금기나 권력에 대한 저항의 방식으로 크로스 드레싱을 선택한다. 「너, 괜찮니?」에 등장하는 두 인물은 원룸에서 동거하는 이들이며 모두 직업을 얻지 못해 비정규직으로 일한다. 그 가운데 남성인 '그'는 정규직을 약속하며 성적으로 다가오는 부장의 동성애적 폭력에 맞서다 감옥에 가게 되고 주인공 '나'(김주은)는 그를 늘 그리워하면서 "연수를 떠난 선생의 자리를 메우는 시간강사"로서 교사들의 부당한 학생 평가에 대응하다 해고된다. 이 소설은 비정규직 노동자들이 처한 이중의 고통을 잘 드러낸다. 병치와 격자형 서술 그리고 내면 묘사에서 뛰어난 서술능력을 보인다. 일정하게 페미니즘의 경향을 반영하면서 주변부 사람들의 동지애를 잘 그려내고 있다.

정정화의 소설은 다양한 서술대상과 서술상황을 전제한다. 마스터 플롯인 가족 플롯을 기본으로 하면서 확산을 거듭한다. 이러한 가운데 돈과 권력에 의해 훼손되는 관계라는 문제의식을 견지한다. 비판적 리얼리즘의 전통을 계승하는 작가는 정공법을 선호한다. 대상과 서술에서 작가의 기술은 다채롭다. 소설집의 표제작인 「실금 하나」는 부부 사이의 어긋남의 이야기이다. 남편인 '나'는 아내를 이해하지 못한다.

돈을 벌려는 욕심에 시작한 주식이 절반 이하로 곤두박질쳤을 때도, 하은이가 놀이터에서 놀다 다쳐서 아내를 몰아세웠을 때도, 결혼하고 한 번도 장인 장모에게 선물을 하지 않았어도 아내는 이혼하자는 말을 하진 않았다. 그런데, 그날의 일이, 그 사소한 일 때문에…….

나는 기가 차서 말이 나오지 않았다.

실금 같은 소소한 일들이 아내에게 상처를 입혔다면 그 수를 헤아리기조차 힘들지도 모른다. 반찬 타박을 했을 때, 치약을 허비한다고 고함쳤을 때, 쓸데없는 물건 사들인다고 잔소리했을 때, 옷이 없다고 투덜대는 걸 무시했을 때, 아내가 입덧하던 기간에 체리 대신 토마토를 샀을 때, 조기 폐경이 되어 우울한 아내에게 편해서 그렇다고 구박했던 때가 떠올랐다. 나는 문득 장인어른 산소 가는 길에 본 억새풀이 기억났다, 스스로 날을 세운 억새가.

보일 듯 말 듯 녹이 낀 실금. 칠이 더 벗겨진 것도 아니고 차가 굴러가지 않는 것도 아니었다. 하지만 나는 그것 때문에 아내와 헤어졌고, 그 실금을 아직도 메우지 못하고 있다.

인용문은 소설의 결말이다. '나'는 주식회사에 근무하면서 지독한 성과주의에 사로잡혀 있다. 근검절약으로 아파트를 늘리고 차를 산다. 돈과 권력이 '나'에게 있으니 아내는 끊임없는 상처에도 견디며 산다. 자동차를 긁은 일만으로 아내가 변하진 않았을 터이다. 조기폐경에 누적된 상처로 우울을 앓게 되었기 때문이다. 부부관계에도 참된 만남이 쉽지 않다. 화성과 금성만큼 먼 남성과 여성의 조합이 아닌가? 「돌탑 쌓는 남자」와 「실금 하나」는 서로 친연성을 갖는다. 후자의 서술자가 남편이라면 전자의 서술자는 아내이다. 일인칭 서술이라는 점에서 각기 다른 방향에서 서술을 전개한다. 두 소설은 「201호 병실」과 「기억하고 싶은 이야기」, 「너, 괜찮니?」와 「크로스 드레서」처럼 서로 조응하는 계보이다. 「돌탑 쌓는 남자」에서 '나'는 육아를 위하여 직장을 그만두어야 한다.

'펀드매니저'인 남편은 자신의 성과에 급급하지 가사와 아내에 관심을 기울이지 않는다. 아이를 통하여 자신을 채우는 일이 불가능함을 아는 '나'로서 출구 없는 처지에서 갈등한다. 결혼기념일을 맞아 식당으로 가려는 참에 공교롭게도 지진이 발생하면서 둑길에서 돌탑을 쌓은 남성을 만난다. 돈을 많이 벌면 행복이 오리라 생각하다 일찍 아내를 암으로 잃은 그는 죄책감에서 속죄하는 마음으로 돌탑을 쌓고 있다. 그의 위로를 받으면서 '나'는 "자유, 행복, 사랑 같은 낱말이 공존하는 세계"가 있으리라는 생각을 하면서 남편을 만나 일상으로 복귀한다. "많은 위험 속에서도 걸음을 멈출 수 없는 삶"이 있기 때문이다. 이 소설은 가족과 육아 그리고 가사노동의 구속에서 여성의 자기 성취와 정체성의 문제를 고민하게 한다. 지진이라는 사건과 더불어 속죄하는 남성의 등장이 매개 되어 생의 의지를 회복하는 이야기이다.

정정화의 소설에서 긍정적인 인물은 사라지지 않는다. '수직적 초월'이 불가능한 교환관계의 사회에서 진정한 가치를 추구하고 참된 삶을 궁구하는 일이 무력해지기 쉽다. 「기억하고 싶은 이야기」의 '주석'과 「가면」의 '정민' 그리고 「너, 괜찮니?」와 「크로스 드레서」의 주인공들은 거짓된 삶을 직시하고 거부하며 저항하는 주체일 수 있다. 「돌탑 쌓는 남자」의 '나'도 제시된 문제를 봉합하는 데 그치는 인물이 아니다.

작가는 자칫 길을 잃고 거짓된 삶으로 빠져들기 쉬운 현실을 비판하면서 진정한 자아로 나아가는 지향을 견지한다. 돈과 권력이 지배하는 사회에서 여성은 이중의 지배 속에 놓일 수 있다. 여성 작가의 입장으로 볼 때 슬픈 현실이다. 밖으로 가해지는 역할과 자신의 고유한 욕망 사이의 간극을 극복하는 과정이 요긴하다. 이같이 진정성 혹은 참된 삶을 추구하는 일은 단순한 이분법에 유인되지 않아야 한다. 현실의 위악을 헤쳐나가는 주인공들의 이야기가 더 많은 계기를 얻을 때 큰 서사로 발전할 수 있다. 다채로운 구성력, 역동적인 플롯의 벡터, 구체적인 세목에 이르는 묘사력 등의 서술능력으로 돋보인 정정화의 소설은 앞으로도 더욱 진화하리라 생각한다.

작가의 말

어김없이 시간은 흘렀다. 내가 방황하고 흔들릴 때도, 사회가 혼란스러울 때도 그랬다. 지금은 몇 잎 남은 단풍잎이 바람에 나부끼는 가을의 끝자락이다. 머지않아 눈이 내리고 땅은 얼어붙을 것이다. 다시 따사로운 봄바람이 불어올 때까지 나목은 더 단단해지고 그리움은 더욱 짙어지겠지.

작은 순간의 엇갈림이 이별을 만들기도 하고, 하나의 사건이 계기가 되어 세상을 변화시키기도 한다. 여린 존재로 세상을 살아내는 인간은 어쩌면 태어날 때부터 약자인지도 모른다.

나를 포함한 사람들이 조금 더 행복하기를, 찬바람에 떨지 않기를 바라는 마음으로 글을 쓴다. 보드라운 이불을 건네지 못해도 따뜻한 말 한마디 건네고 싶다.

오늘도 무탈하시지요?

소설은 삶이 힘든 만큼 진흙탕처럼 혼탁하다. 하지만, 그 끝에는 청명한 가을하늘처럼 맑고 아름다운 것이 남는 게 아닌가 싶다. 첫 소설집을 내고 난 뒤, 소설은 잘나거나 못나거나 내 곁을 지켰다. 때론 사랑스럽게, 때론 불만스럽게 주변을 맴돌았다. 그중 여덟 편을 모아 두 번째 소설집을 내놓는다. 소설의 정화(精華), 가까이서 혹은 멀리서 줄타기를 하겠지만 이제 담담하게 소설을 대할 수 있게 되었다. 뜨겁거나 차가운 온도를 넘나들며 쉬이 떠나지 않는 친구로 남았다. 소설을 살되 순수한 친구처럼 곁에 존재하리라는 믿음이 생겼다.

다음에 쓰는 소설은 좀 더 여린 존재에 귀를 기울여야겠다. 내 눈은 더 작은 것을 보고, 내 귀는 더 작은 목소리를 들을 수 있기를 소망한다.

늘 수고를 마다하지 않는 남편, 주어진 몫을 해나가는 두 딸에게 사랑한다는 말을 전한다. 늦게 들이민 원고를 기꺼이 출간해주신 산지니 출판사 대표님과 편집진께 감사드린다. 해설을 써주신 구모룡 선생님의 은혜가 크다. 소설을 더 열심히 쓰겠다는 말씀으로 감사의 마음을 대신한다. 이 글을 읽어주신 독자와의 만남이 무엇보다 기쁘고 고맙다!

2019. 가을에
정정화

수록작품 발표지면

돌탑 쌓는 남자(『한국소설』 2018. 9월호)
기억하고 싶은 이야기(『소설21세기』 2017. 겨울호)
가면(『소설21세기』 2018. 겨울호)
실금 하나(『소설21세기』 2017. 여름호)
201호 병실(『소설21세기』 2019. 여름호)
너, 괜찮니?(『울산문학』 2018. 봄호)
빈집(『울산문학』 2017. 여름호)
크로스 드레서(『소설21세기』 2018. 여름호, 『문학울산』 2018. 겨울호 재수록)